बुन्देली गीता

(हिन्दी अर्थ सहित)

डॉ. रेणु श्रीवास्तव

TANEESHA PUBLISHING
BOOK PUBLISH.IN

ISBN : 9788199146754
Title : Bundeli Gita
Author : Dr. Renu Shrivastava
Editor : Nilkhleshwari Sharma
Cover Design : Prof. Ritu Johri, J.N.V.U (Designer)
Edition : First, August 2025

Published by

TANEESHA PUBLISHING

An Imprint of **Taneesha and Prachi NextGen Publication**

Registered Office: Sunil Complex, 2nd Floor, Vijay Nagar, Western Kutchery Road, Meerut - 250002, Uttar Pradesh, India
E-mail : help@tpnextpub.com, Phone : +91 8057812712
Website : www.taneeshapublishing.com

Associate Publishing Partner

BOOK PUBLISH.IN

Office: Mumbai, Maharashtra, India
Website : www.bookpublish.in

Printed by :
Manipal Technologies Limited, Bengaluru - 560001, Karnataka

प्रकाशक की ओर से

प्रिय पाठक,

मुझे आशा है कि आप को यह पुस्तक अवश्य पसंद आएगी। इस पुस्तक का प्रकाशन बुन्देली साहित्य जगत में योगदान के उद्देश्य से किया गया है। निरंतर क्षेत्रीय भाषाओं में साहित्य प्रकाशन आज के समय की आवश्यकता है। भारतीय साहित्य को उसके पौराणिक स्तिथि तक ले जाने के लिए लेखक और प्रकाशक के साथ पाठक का निरंतर समर्थन एवं सहयोग भी आवश्यक है। आप यह पुस्तक पढ़कर हमारे इस साहित्यिक कार्य को सार्थक बना रहे हैं। तनीषा पब्लिशर्स के हम आभारी हैं जो उन्होंने इस पुस्तक के भौतिक प्रकाशन में मुख्य भूमिका निभाई और इसे डिजिटल प्लेटफॉर्म और डिस्ट्रब्यूशन के माध्यम से हर जन तक पँहुचाया। यह पुस्तक डिजिटल रूप में भी उपलब्ध है जिसे संभव बनाने में बुक पब्लिश डॉट इन की पूरी टीम ने अपना महत्वपूर्ण योगदान दिया है। इस गीता को धार्मिक मंच/पटल उपलब्ध कराने के लिए हम धर्म साहित्य प्रकाशक हरि ॐ शंखनाद के आभारीं हैं, जो पिछले कई वर्षों से धार्मिक पुस्तकें निरंतर प्रकाशित करते चले आ रहे है। मुझे आशा है कि इस पुस्तक के माध्यम से आप साहित्यकार के विचार एवं भावों से जुड़ पाएंगे। प्रिन्ट एवं डिजिटल माध्यम से अपनी प्रतिक्रिया हमें एवं साहित्यकार को अवश्य भेजें।

निखलेश्वरी शर्मा

संपादक

NSharma

BookPublish.in

लेखिका परिचय

नाम- डॉ रेणु श्रीवास्तव (शिक्षिका)

पति- श्री सतगुरु दयाल खरे (शिक्षक) **पुत्र**- इंजी. अखिल खरे, **पुत्र वधु**- इंजी. मनु, **पुत्र** डॉ अर्पित राज खरे।

जन्म स्थान व स्थाई पता - जिला निवाडी म. प्र. | **वर्तमान निवास** - 03-कृष्णा कैम्पस, अशोका गार्डन हिनौतिया, 80 फिट रोड भोपाल (म.प्र.), दूरभाष- 8989098015, **शिक्षा** - M. A. B. Ed. Ph. D. विषय - (राम रास)

विशेष योग्यता - बुन्देली बोली, Youtube (Swarit hindi tutorials) पर विशेष हिन्दी व्याकरण की ऑनलाइन कक्षाएँ, विविध साहित्यिक समूहों पर live प्रस्तुतियाँ एवं कवि सम्मेलनोंमें काव्य पाठ में भाग, अंतरराष्ट्रीय काव्य मंच पर Facebook Live आदि।

साहित्यिक विधा- कविता, कहानी, दोहे, मुक्तक, हाइकू, लघुकथा बाल साहित्य, बुन्देली लेखन, लोकगीत, नारी जागृति पर विशेष लेखन कार्य।

प्रकाशित कार्य- ठाकुर नवलसिंह प्रधान कृत रामचंद्र विलास में रामरास, बुन्देली बायनो, बाल मनुहार, बुन्देली रामायण, पच्चीस पुस्तकों में साझा प्रकाशित रचनायें, पत्र पत्रिकाओं में प्रकाशन- अथाई की बातें, साहित्य वारिध, मीठी निबौरी, सर्जना, अर्ध सर्जना, सांझा बाल संकलन आदि में रचनाओं का प्रकाशन तथा आकाशवाणी से प्रसारण।

पुरस्कार और सम्मान - साहित्य सरगम सम्मान, उत्तम सृजन सम्मान, सर्व श्रेष्ठ सृजन सम्मान, शिक्षक सम्मान, सहभागिता सृजन सम्मान , मध्य प्रदेश काव्य श्री सम्मान, शब्द श्री सम्मान, राष्ट्रीय काव्य कला निधि सम्मान छत्तीसगढ़, दोहा श्री सम्मान मध्य प्रदेश गौरव सम्मान श्रेष्ठ सृजक सम्मान, बुन्देली रामायण श्रेष्ठ सर्जक सम्मान, राष्ट्र भाषा भूषण सम्मान 2022, रत्नावली सम्मान 2022 म प्र तुलसी साहित्य एकादमी की ओर से, हिन्द शिरोमणि सम्मान 2023, बसंत काव्य रत्न सम्मान 2023, महाकवि नीरज सम्मान 2023, काव्य रत्न सम्मान 2024, शब्द प्रतिभा बहु क्षेत्रीय फाउंडेशन नेपाल की ओर से, दिव्य नर्मदा अलंकरण सम्मान 2024, कृति सम्मान 2024 बाल साहित्य केंद्र एवं शोध संस्थान भोपाल, सरस्वती सम्मान 2024 विश्व हिन्दी रचनाकार मंच, राम महोत्सव रुद्राणी कला ग्राम ओरछा में शोधपत्र वाचन हेतु सम्मान 2025, रामायण केन्द्र भोपाल की ओर से शोध पत्र वाचन और सम्मान।

समर्पण

मेरी "बुन्देली गीता" मेरे पति श्री एस.डी. खरे को समर्पित

यदि साथ आपका होता ना
तो मैं लेखन ना कर पाती
सहयोग आपका पा कर के
मैंने शुभ गीता लिख डाली
इन शब्द सुधा के साथ
आज मैं ये प्रणाम वंदन करती
प्राणेश्वर के कर कमलों में
शुभ गीता का अर्पण करती

\- **डॉ. रेणु श्रीवास्तव**
(लेखिका)

शास्त्रों को लोक साहित्य में परिवर्तित करती - 'बुंदेली गीता'

आत्मीय बंधु/ भगिनीगण,

आदरणीया डॉ रेणु श्रीवास्तव जी से सूचना मिली कि सद्य प्रकाश्य ग्रंथ 'बुंदेली गीता' अपने प्रकाशन के अंतिम चरण में है। आपसे प्राप्त सूचना से यह ज्ञात हुआ कि बहु प्रतीक्षित यह ग्रंथ अब छपकर हम सबके हाथों में आने वाला है तो मन की प्रसन्नता कई गुना बढ़ गई। इस ग्रंथ के साथ रेणु जी की कलम तो है ही, उस पर सोने पर सुहागा यह कि वे संस्कृत और दर्शन में भी सिद्धहस्त हैं।ये इस ग्रंथ की दो सशक्त भुजाएं हैं । आप लंबे समय से बुंदेली लेखन के क्षेत्र में भी सक्रिय हैं। आपके परिश्रम की यह सुंदर परिणीति अप्रतिम बन पड़ेगी इसमें कोई संशय नहीं। आपकी रचनाओं के विषय चयन और प्रस्तुतियां पाठकों को लुभाएंगे ।

गीता भारतीय मनीषा का एक ऐसा स्वर रहा है जो सदैव ही भारत के जन सामान्य को प्रभावित करता रहा है। गीता ही है जो सामान्य लोक को मोह माया से दूर करने का काम करती है। इस शास्त्रीय ज्ञान को लोक तक पहुंचाने का काम आदरणीय रेणु जी ने 'बुंदेली गीता' के माध्यम से किया है । स्वाभाविक रूप से इन दिनों चिंतन परक लेखन करने वालों की मुख्य शिकायत यही है कि इस तरह का पठन पाठन हाशिये पर जा रहा है किन्तु जब अच्छे हृदय से यह काम किया जाता है तो सफलता चरण चूमती है ।

आपका यह ग्रंथ इस बात को सिद्ध करने में सक्षम सिद्ध होगा कि प्रेरक लेखन जब सामाजिक, आध्यात्मिक और सार्वभौम सरोकार के साथ अवतरित होता है तो पाठक भी उसका स्वस्ति वाचन करते हैं। मैं हृदय से शुभकामनाएं व्यक्त करता हूँ और ईश्वर से प्रार्थना करता हूँ कि वह आपको खूब सक्षम बनाएं ताकि आप लिखती रहें।

पुनः बधाई और शुभकामनाओं सहित ...

सदैव सा

डॉ. विकास दवे

निदेशक, साहित्य अकादमी,

मध्यप्रदेश शासन, भोपाल

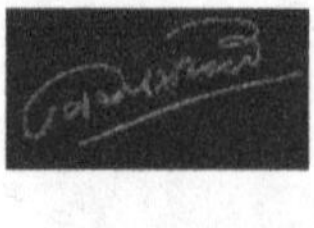

गीता के गूढ़ ज्ञान को लोकभाषा में पिरोती बुन्देली गीता

आदरणीया, श्रीमती डॉ. रेणु जी

जय श्री कृष्ण

आपके द्वारा अपनी लोक भाषा, (बुंदेलखंडी) में सरस, सरल एवं भावपूर्ण रचना श्रीमद्भगवद्गीता पर आधारित टीका (बुंदेली गीता) को पढ़ने का सौभाग्य प्राप्त हुआ, यह एक आध्यात्मिक प्रकाश-पुंज की भांति जीवन के पथ को आलोकित करने वाला ग्रंथ है। आपने जिस सरलता, स्पष्टता और आध्यात्मिक गहराई से गीता के गूढ़ ज्ञान को सरलतम करते हुए अपनी लोकभाषा में जो शब्दों को पिरोया है, वह न केवल सराहनीय है, बल्कि वर्तमान युग की आवश्यकता भी है, भगवान श्री कृष्ण द्वारा कहें गए,गीता के दिव्य ज्ञान को साधारण जन मानस तक पहुँचाया जाए,!

आपकी लेखनी में ज्ञान का प्रकाश, भक्ति की भावना और कर्म की प्रेरणा स्पष्ट रूप से झलकती है। आपकी पुस्तक ने हमें सरल रूप में गीता के श्लोकों का अर्थ समझाया, यह प्रयास आत्मा जीवात्मा और परमात्मा को समझने की और एक प्रेरणादायक कदम है।

इस उत्तम कृति के लिए आपको हार्दिक शुभकामनाएँ प्रेषित करता हूँ, ईश्वर से प्रार्थना है कि आपकी लेखनी यूँ ही प्रेरणा और चेतना का स्रोत बनी रहे तथा आप आगे भी समाज को ज्ञान, शांति और आत्मिक विकास का मार्ग दिखाते रहें।

शुभकामनाओं सहित,

पंडित संतोष चतुर्वेदी

राष्ट्रीय कथावाचक

[redacted]

बुन्देली गीता एक सार्थक सृजन

जब मुझे यह अवगत कराया गया कि बहन डा. रेणु श्रीवास्तव जी ने बुंदेली गीता ग्रंथ का सृजन किया है तब मैं अत्यंत हर्षित हुआ। सबसे अधिक प्रसन्नता इस बात पर हुई कि हमारे बुंदेलखंड के टीकमगढ़ में जन्मी, पली-बढ़ी बुन्देलखण्ड की बेटी ने अपने जन्मस्थान की मिट्टी के यश की वृद्धि में चार चाँद लगाए हैं।

यह भी उल्लेखनीय है कि कोई भी साहित्यकार कितना भी सृजन क्यों न करले किन्तु जब तक वह अपनी जन्मभूमि का गुणगान नहीं करता, अपनी जन्मभूमि की यश-कीर्ति का वर्णन अपने सृजन में नहीं करता तब तक उसका सृजन सार्थक नहीं माना जा सकता है।

मैं डा. रेणु श्रीवास्तव के इस सार्थक अमूल्य सृजन "बुंदेली गीता" पर हार्दिक शुभकामनाएं संप्रेषित करता हूँ।

मैं आपकी कलम के इस अभूतपूर्व कौशल को नमन् करते हुए आपको कोटिश: बधाईयाँ देकर बुंदेली गीता की सार्थकता की कामना करता हूँ।

शुभेच्छु

डॉ. मोहन तिवारी आनंद
राष्ट्रीय अध्यक्ष
तुलसी साहित्य अकादमी मुख्यालय भोपाल
मोबाइल -9827244327

लेखिका की ओर से

माँ शारदे को प्रणाम नमन वंदन करती हुई मैं गीता का बुन्देली बोली में पद्यानुवाद कर रही हूँ। गीता महाभारत का एक छोटा सा भाग है और सारे उपनिषदों का सार तत्व है। ये शास्त्रों का दोहन है। श्री कृष्ण जी द्वारा अर्जुन को दिया हुआ संदेश है, इससे अर्जुन को अपने वास्तविक स्वरूप का ज्ञान हुआ और उनका धर्मसंकट दूर हुआ। गीता के पाठकों को यह ध्यान रखकर गीता पढ़नी चाहिए कि भगवान कृष्ण सुदैव हमारी आत्मा में सूक्ष्म रूप से विद्यमान रहते हैं।

गीता में 18 अध्याय और 700 श्लोक हैं। और इसका दूसरा नाम गीतोपनिषद भी है। गीता में कोई हिंसा को बढ़ावा नहीं दिया गया अपितु महाभारत में धर्म और अधर्म के बीच युद्ध है। यदि अपने संबंधियों के ऊपर अस्त्र शस्त्र चलाने को अर्जुन तैयार न होते तो इसका परिणाम भयंकर होता और देवी तथा आसुरी शक्तियों के बीच न्यायोचित कार्य न होता। मेरा तो विचार है कि गीता को लाइफ मैनेजमेंट के रूप में विद्यालयों में भी पढ़ाया जाना चाहिए, यदि पूर्णतः गीता का ज्ञान लेकर गीता का भक्त जीवन निर्वाह करता है तो उसके जीवन में निराशा की कहीं भी जगह ना होगी। गीता केवल भाव व अर्थ समझने का ग्रंथ नहीं है बल्कि उसके अनुसार दैनिक जीवन में आचरण करना ही सच्ची गीता का उपदेश और सार है। गीता के कृष्ण सम्पूर्ण ज्ञान हैं। और कर्म पर उनका विशेष उपदेश निहित है। निष्काम भाव से कर्म करना और फल की इच्छा ना करना यह गीता का मूल उद्देश्य और उपदेश है। गीता में जितने गहरे अंतस में जाकर डुबकी लगाते हैं। उतने ही नवीन सुन्दर अर्थ मिलते है। मेरा अनुवाद भी ऐसी ही प्रस्तुति है। इस अनुवाद से हिन्दी भाषी विशेष रूप से बुन्देली भाषी गीता के अर्थ उद्देश्य को पूर्णत: समझ सकेंगे उनका आचरण गीता के गीतों से गीतमय हो सकेगा। ये अनुवाद तब अधिक आवश्यक हो गया जब शास्त्रीय ग्रंथों की संस्कृत पढ़ना समझना मुश्किल था उनके लिये अनुवाद के माध्यम से गीता बोधगम्य हो सके और गेयता से रुचि और मनोरंजन में वृद्धि हो सके। पर गीता के शब्द केवल इसलिए नहीं हैं कि हम उसका अर्थ समझ सकें अपितु उसके अनुरूप आचरण कर सकें।

गीता का पद्यानुवाद बुन्देली में और अर्थ हिन्दी में किया गया है। ताकि सर्व साधारण के लिए सुलभ और सुगम्य हो सकें। बुन्देली पद्यानुवाद का अर्थ मैंने मानक हिन्दी में लिखा है जिसकी भाषा बड़ी सरल और सटीक है। मुझे आशा ही नहीं पूर्ण विश्वास है कि यह पाठकों को रुचिकर लगेगा और हमारे पाठकों को ये पुस्तक पर्याप्त अभिप्रेरणा और आनंद दे सकेंगी।

डॉ. रेणु श्रीवास्तव

(लेखिका)

अनुवाद क्यों

भक्ति रस पर कार्य करना मेरी प्रारम्भ से ही खुशी रही है। शोध कार्य भगवान राम पर करने के बाद भक्ति साहित्य को ही मैंने अपने लेखन का विषय चुना। चूँकि बुन्देलखण्ड की मिट्टी में पली बढ़ी हूँ अतः गीता पढ़कर लगा कि यदि इसका अनुवाद बुन्देली बोली में कर सकूँ तो बुन्देलखण्ड में जन जन तक मैं इस उपदेश को पहुँचा सकूँगी क्योकि अपनी भाषा में जो मिठास होती है और अपना पन होता है। वह अन्यत्र देखने को नहीं मिलता। मैंने गीता से जो ज्ञानामृत ग्रहण किया है। उसका रसास्वादत अपने बुन्देलखण्ड के प्रत्येक अंचल में पहुँचा सकूँ और विशेष रूप से उनकी अपनी बोली में।

गीता उपनिषद और योग शास्त्र का समन्वय ग्रंथ है। उनके उपदेश को देने वाले योगेश्वर भगवान श्रीकृष्ण है। गीता अठारह अध्यायों और 700 श्लोकों की एक रचना है। किन्तु इसका अर्थ जैसे गागर में सागर भर दिया हो ऐसा प्रतीत होता है। बुन्देली गीता में ये अनुवाद मैंने स्वयं से प्रभावित होकर ही किया। गद्य की अपेक्षा पद्य में पढ़ना ज्यादा रुचिकर होता है अत: पद्यानुवाद वह भी एक विशिष्ट बोली में हो तो जन जन के लिये गीता सरल सुगम्य और सुबोध बन जायेगी।

गीता का यह अनुवाद मेरी अपनी सोच और अपना ही कदम है। गीता जन जन तक घर घर तक पहुँचे और गीता के श्लोकों को बुन्देली पद्य के रूप में गाया जाय तभी मेरा प्रयास सफल होगा।

-डॉ. रेणु श्रीवास्तव

लेखिका

आभार

श्री श्री 1008 ओरछा रामराजा सरकार एवं कुण्डेश्वर भगवान की कृपा से मैं इस बुन्देली गीता को लिखने में सफल रही, बागेश्वर धाम, व माँ शारदे की कृपा तथा बड़ों का आशीर्वाद मुझे इस चरमोत्कर्ष तक लाया है।

मैं आभारी हूँ डॉ. मोहन तिवारी आनंद जी, डॉ. राजेश श्रीवास्तव जी, पंडित संतोष चतुर्वेदी जी, डॉ. विकास दवे जी और डॉ. के. एल. श्रीवास्तव जी की जिन्होंने मुझे इस कार्य हेतु भावनात्मक सहयोग प्रदान किया।

मेरे इस बुन्देली गीताग्रंथ को पूर्णता देने में मेरे परिवार के सभी सदस्यों की मै आभारी हूँ। विशेष रूप से मेरे पति श्री सतगुरु दयाल खरे जी व मेरे पुत्र इंजी. अखिल, पुत्रवधु इंजी. मनु सक्सेना तथा छोटे पुत्र डॉ. अर्पित राज खरे के पूर्णतः सहयोग से मैं इस बुन्देली गीता को पूर्णता दे सकी। यदि यह सहयोग ना होता तो मैं शायद यह कार्य करने में असमर्थ रहती।

- डॉ. रेणु श्रीवास्तव

अनुक्रमणिका

अध्याय ०१

(अर्जुन विषाद योग)

कुरुक्षेत्र में कौरव और पांडवों की सेना आमने सामने खड़ी हैं युद्ध का बिगुल बजने वाला है, श्री कृष्ण अर्जुन के सारथी बन कर अर्जुन के रथ को दोनों सेनाओं के मध्य ले जा चुके हैं। तभी अर्जुन के मन में द्वंद की स्थिति उत्पन्न हो जाती है वे सोचते है कि जिनसे मैं युद्ध करूंगा ये मेरे अपने लोग व गुरु तथा गुरु पुत्र हैं। तब ऐसा युद्ध मैं क्यों करूँ?

तब अर्जुन भगवान कृष्ण से प्रश्न करते हैं और दोनों के मध्य संवाद प्रारंभ हो जाता है। यह संवाद ही गीता है, जो लोक मानस का धर्म काव्य ग्रंथ है। एक श्रेष्ठ मानस शास्त्रीय रचना है।

संजय से जा कन लगे घबरा कें धृतराष्ट्र
'कौरव औ पांडव सबरे का लरबे खों तैयार? ॥ ०१ ॥

अर्थ- धृतराष्ट्र बोले - हे संजय मेरे और पांडु के पुत्र जो कि कुरुक्षेत्र जैसी धर्मभूमि में हैं युद्ध की इच्छा रखने वाले इन पुत्रों ने क्या किया

पांडवन को चक्रव्यूह देख दुर्योधन पूँछत हैं
हे गुरु द्रोणाचार्य कछू वचन आज बोलत हैं ॥ ०२ ॥

अर्थ- संजय बोले- उस समय राजा दुर्योधन ने व्यूह रचना करने वाले पांडवों की सेना को देखकर द्रोणाचार्य के पास जाकर यह वचन कहे।

गुरुजी देखो भोतई बड्डी लगत आज पांडव सेना
आपई के जे शिष्य द्रुपद के बेटा ने करी व्यूहरचना ॥ ०३ ॥

अर्थ- हे आचार्य आपके बुद्धिमान शिष्य धृष्टद्युम्न जो कि द्रुपद के पुत्र हैं उनके द्वारा खड़ी की हुई पांडुपुत्रों की इस बड़ी सेना को देखिए।

ऐसे हैंगे वीर भीम, अर्जुन से शांसऊँ भारी
सात्यकि, विराट द्रुपद सेना के हैंगे अधिकारी ॥ ०४ ॥

अर्थ- इस सेना में बड़े बड़े धनुषो वाले तथा युद्ध में अर्जुन के समान शूरवीर सात्यकि और विराट हैं तथा महारथी द्रुपद भी शामिल हैं।

कुंतिभोज औ शैव्य सरीखे लरवे आगै
धृष्टकेतु, चेतिकान, काशीराज, पुरजीत देखा रै ।। ०५ ।।

अर्थ- हे राजन इसी सेना में महारथी धृष्टकेतु और काशिराज, पुरूजित कुन्तिभोज और मनुष्यों में उत्तम शैब्य भी शामिल हैं।

बेजा वीर युधामन्यु बलवान उत्तमौजा जे जाने
द्रोपदी सुभद्रा के बेटा जे बड़्डे वीर माने ।। ०६ ।।

अर्थ- पराक्रमी युधामन्यु, बलवान उत्तमौजा, सुभद्रापुत्र अभिमन्यु एवं द्रौपदी के पाँचों पुत्र शामिल है और ये सभी महारथी हैं।

अब पनी सेना को बखान मैं बतारौ
सेना पति के संगे वीर सब कछू सुनारौ ।। ०७ ।।

अर्थ- अब सेना के जो प्रमुख सेनापति है उनको मैं बताता हूँ अपने पक्ष के प्रधान लोगों को आप समझ लीजिये।

संजय कत धृतराष्ट्र भीम औ कर्ण हैं सबरे वीर
कृप, विकर्ण, अस्वत्थामा, भूरिश्रव हेंगे गंभीर ।। ०८ ।।

अर्थ- हे राजन आप द्रोणाचार्य, पितामह (भीष्म) तथा कर्ण और संग्राम विजयी कृपाचार्य, अस्वत्थामा, विकर्ण और सोमदत्त के पुत्र भूरिश्रवा भी हैं। जो सब वीर हैं।

पनी जान खों त्यागवे बैठे वीर महान
युद्ध कला सें लरवों जानत सबई करत सम्मान ।। ०९ ।।

अर्थ- अपने जीवन की फिक्र न करके जीवन की आशा त्याग देने वाले बहुत से वीर अनेक प्रकार के शस्त्रों से सजे हुये है, सभी युद्ध कला में चतुर है।

भीष्म पिता खों अपनो मालिक सबरे मानें
सेना सबरी रक्षा उनकी योद्धा जानें ।। १० ।।

अर्थ- भीष्म पितामह सबके मालिक है उनके द्वारा रक्षित सेना अजेय है, और भीम द्वारा बनाई गई रक्षित सेना को ये जीत सकते हैं।

परबब्बा जे भीष्म हैं उनकी पकरौ बांह
सबरे देखो लरत रौ लें कें उनकी छाँव ॥ ११ ॥

अर्थ- इसी लिये सब लोग भीष्म पितामह की सब ओर से रक्षा करते हुए उन्ही की छत्रछाया में युद्ध करो।

जबई शेर के घाईं दहाड़ सबै सुनानी
भीष्म पिता ने बजा दई युद्ध दुंदुभी भारी ॥ १२ ॥

अर्थ- भीष्म पितामह ने दुर्योधन के हृदय में प्रसन्नता लाने के लिए उच्च स्वर से शंख बजा दिया जो सिंह की दहाड़ के समान था।

तबई बज गये शंख नगाड़े लरवे के लाने
ऐसी जा आवाज सुनी तो सबई डराने॥ १३ ॥

अर्थ- इसके बाद शंख नगाड़े ढोल मृदंग एक साथ बज उठे उनकी भयंकर आवाज को सुनकर सब डर गये।

ऊजरे रथ पे बैठे कान्हा अर्जुन देखौ
उनने मिल के शंख बजादै सब जन लेखौ ॥ १४ ॥

अर्थ- सफ़ेद घोड़ों से सजे रथ में बैठे हुए भगवान श्री कृष्ण और अर्जुन ने भी शंख बजा दिए।

श्रीकृष्ण ने पांचजन्य अर्जुन ने देवदत्त बजादौ
भीम ने वजा दौ पौण्ड्र तीनौ शंख बजा दै ॥ १५ ॥

अर्थ- श्री कृष्ण जी ने पांचजन्य नामक अर्जुन ने देवदत्त और भीमसेन ने पौण्ड्र नामक महा शंखों से शंखनाद किया।

युधिष्ठर ने अनन्त विजय को शंख बाजा दौ
नकुल सुघोष सहदेव मनीपुष्पक नाद सुना दौ ॥ १६ ॥

अर्थ- युधिष्ठिर ने अनंत विजय, नकुल तथा सहदेव ने सुघोष और मणिपुष्पक नामक शंख बजाए।

काशीराज विराट औ सात्यकि शंख बजावै
धृष्टघुम्न शिखंडी सबखों जा आवाज सुनावै ॥ १७ ॥

अर्थ- महाधनुर्धर काशीराज महारथी शिखण्डी धृष्टधुम्न और विराट और अजेय सत्यादिक आदि अपने अपने शंखों से शंखनाद कर रहे हैं। विराट जो सर्वत्र ईश्वर को देखने की क्षमता रखते हैं। युद्ध हेतु शंख बजा रहे हैं।

द्रुपद राज औ द्रोपदी के बेटा करैं हुंकार
अभिमन्यु सांसऊँ महावीर करन लगे शंखनाद ॥ १८ ॥

अर्थ- राजा द्रुपद और द्रोपदी के पाँचों पुत्र और महावीर अभिमन्यु अपने अपने शंख से शंखनाद कर कुरुक्षेत्र में युद्ध प्रारम्भ की घोषणा कर रहे हैं। सुभद्रा पुत्र अभिमन्यु महाबली और वीर हैं अत: उनकी भुजाएँ वीरता की प्रतीक है।

जब बजत शंख नगाड़े नोने लरवे के जानौ
कौरव सेना डरा गई युद्ध की सुन सांसी मानौ ॥ १९ ॥

अर्थ- शंख की भयानक ध्वनि को सुनकर पृथ्वी कांप गई और धृतराष्ट्र पुत्रो के हृदय डर से कांपने लगे उनके हृदय विदीर्ण है और मुख से शब्द नहीं निकल रहे पर पांडवों की सेना उत्साहित और वीरता से उनके हृदय भरे हुए थे।

अर्जुन ने कौरव दल खों देखो तेज निगाहन सें
दुश्मन के लाने अर्जुन के गांडीव उठा लौ सम्भार कैं ॥ २० ॥

अर्थ- अर्जुन ते धृतराष्ट्र सम्बंधियों को तेज निगाहों से देखा और तुरंत गांडीव धारण कर लिया क्योंकि कौरव सेना भी युद्ध के लिए तैयार खड़ी थी।

अर्जुन उवाच

तबई बोल दई अर्जुन ने श्री कृष्ण मुरारी
दोइ सेनन के बीच में रथ ले चलियो भारी ॥ २१ ॥

अर्थ- फिर अर्जुन ने की कृष्ण से कहा हे अच्युत! मेरा रथ इस युद्ध भूमि में दोनों सेनाओं के बीच में खड़ा कर दीजिए।

जब लों हम ना देख लें कौरव ताईं के लोग
तब लौं उतईं राखियो रथ विनती जा कर जोर ।। २२ ।।

अर्थ- और अर्जुन बोले हे हृषिकेश। कृपा करेक जब तक मैं कौरव सेना को एक एक करके देख ना लूँ तब तक रथ को वहीं रोके रहना ताकि मैं समझ सकूँ मुझे किस किससे युद्ध करना है।

दुर्योधन के संगी साथी सबखों हमें देखने
सबरे जे बुरई बुद्धि वारे मांसन खों चीनने ।। २३ ।।

अर्थ- बुरी बुद्धि वाले दुर्योधन को चाहने वाले जो युद्ध के लिए इकट्ठे हुए हैं उन राजाओं और उन समर्थकों को मुझे देखने दीजिए।

संजय जू ने कई

श्री कृष्ण ने अर्जुन के रथ को हाँक दौ उते
दोइ सेना आजू बाजू रथ के हतीं जिते ।। २४ ।।

अर्थ- संजय धृतराष्ट्र से कहते हैं कि अर्जुन की बात सुनकर श्री कृष्ण जी ने रथ को दोनों सेनाओं के बीच में खड़ा कर दिया जहाँ भीष्म, द्रोण और अनेक योद्धा विद्यमान थे।

भीष्म द्रोण औ सबरे सेनापति हैं सामने
अब अर्जुन तुम्हें सबई जनन खों देख देख पहचाननें ।। २५ ।।

अर्थ- श्रीकृष्ण बोले हे अर्जुन भीष्म पितामह द्रोणाचार्य सब सेनापति सामने खड़े हुए हैं, अब तुम सबको पहचानो और युद्ध करो।

गुरू, बब्बा, कक्का, मोड़ा, ससुर औ नाती
मम्मा संगे पार्थ ने देखे भज्जा औ पने साथी ।। २६ ।।

अर्थ- इसके बाद पार्थ ने गुरु दादाजी परदादा चाचा ताऊ गुरुओं मामाओं भाइयों तथा अपने साथियों को देखा।

दोउ सेनन में पने मांस जब अर्जुत देख डराने
सबई हते उनके अपने वे बात समझ के जाने ।। २७ ।।

अर्थ- अर्जुन उन प्रियजनों को देखकर सोचमें पड़ गये और पुनः दुखी होकर युद्ध कैसेकरुँ ऐसा विचार करने लगे और सोचमें डूबकर शोकयुक्त वचन बोले।

पने मांसन से कैसे लरवे सोस में अर्जुन डोलें
दुखी भये अकबकात फिरे फिर श्री कृष्ण सें बोले ॥ २८ ॥

अर्थ- हेकृष्ण मैं अपनोंसे युद्ध कैसे करूं? दुखी होकर घबड़ाकर अर्जुन भगवान कृष्ण से कहनेलगे एकबार फिर अर्जुन का मन युद्ध से विचलित हो रहा है।

अर्जुन ने कई

पने सगन खों देखके कान्हा जू मनकप रौ
हाँथ पाव फूले मो सूखो अंधियारो सो झप रौ ॥ २९ ॥

अर्थ- हे कृष्ण अपने सगे संबंधियों को देखकर मेरा मन कांप रहा है आँखों के आगे अंधेरा छा रहा है और मैं युद्ध के लिए अपने आप को असमर्थ महसूस कर रहा हूँ।

ऐसो लग रौ धनुष छूट रौ औ बुखार चढ़ आ रौ
मन में ऐसो रंज लगत के ठाड़े हो ना जा रौ ॥ ३० ॥

अर्थ- हे माधव मुझे ऐसा लग रहा है जैसे मेरा धनुष हाथ से छूट रहा है मेरा शरीर जल रहा है मुंह सूख रहा है मन दुःखी है और मुझसे अब खड़े होते भी नहीं बन रहा।

सुनौ कृष्ण ज़ू सांसऊँ काम कठिन जो लग रौ
पने जनन सें लरवो हमें सही ना लग रौ ॥ ३१ ॥

अर्थ- हे माधव हे सखा यह काम मुझे बहुत ही कठिन लग रहा है अपने ही स्वजनों से युद्ध करना मुझे अच्छा नहीं लग रहा मैं इनसे युद्ध कैसे करुँ?

हमें न चाने राज पाट न जीत जा नोनी
ऐसे सुख से सुखी न रैं हम ऐसी मर्जी नाथ पनी ॥ ३२ ॥

अर्थ- हे कृष्ण इन्हें जीतकर मैं राज्य सुख भी नहीं चाहता ऐसे राज्य सुख से क्या लाभ ऐसे सुख से मैं सुखी नहीं रहूँगा हे नाथ मेरी यही इच्छा है।

की के लानें लरवे सबरन सें हम जाये
सबई कछू को त्याग त्याग जे लरबे खों आए ॥ ३३ ॥

अर्थ- हे जनार्दन जिनके लिए राज्य सुख की इच्छा की जाती है वे सभी सबकुछ छोड़कर इस युद्ध में शामिल हैं और अपने अपने प्राण देने को तैयार है।

बब्बा, परबब्बा नाती पोता सवई पने जन
मम्मा, सारे, ससुर सवई तो ठाडे, हैंगे भगवन ।। ३४ ।।

अर्थ- आचार्य, पिता, पुत्र, पितामह, मामा, श्वसुर, पौत्र, साले, और सम्बंधी जन सभी यहाँ पर खड़े हुए है अर्थात युद्ध में स्वजन ही उपस्थित है।

सुनो कृष्ण ज़ू चाये ना मिले स्वर्ग को राज
इन्हें न मारें हम कबहुँ जो पने मांस हैं आज ।। ३५ ।।

अर्थ- हे मधुसूदन सुनिये मुझे वो राज पाट नहीं चाहिए ना ही त्रिलोक की विजय की इच्छा रखता हूँ, फिर धरती के राज पाट की तो बात ही क्या है।

इन पापिन खों मारवे से लगने पाप जो भारी
काय खों मारौं इन दुष्टन खों कै दो कान्हा भाई ।। ३६ ।।

अर्थ- हे जनार्दन धृतराष्ट्र के पुत्रों को मारने से तो पाप ही लगेगा क्योंकि ये महापापी हैं। इसलिए हे कान्हा जी आप कह दो कि इनसे युद्ध ना करो।

सुनौ कृष्ण जू जो नोने ना मारैं हम पने जन
इन्हें मार कें हम कैसे सुख भोगें बताओ मोहन ।। ३७ ।।

अर्थ- हे माधव। स्वजनों को मारकर क्या हम सुखी हो सकते हैं? इससे तो अच्छा है ये है कि हम अपने लोगों का वध ना करें ना ही युद्ध करें।

वैसे तो माधव देखौ कौरव हैं पापी बे जां
कैसऊ हो अन्याय इन्हें सब दिखरै नोने उम्दा ।। ३८ ।।

अर्थ- वैसे तो जनार्दन ! ये कौरव बहुत ही पापी है क्योंकि इन्हें अन्याय करना ही अच्छा लगता है।

हम केरै जो पाप हमें करने नइयां इनके संगे
जो है बड्डो पाप हमें तो बचने सबके संगे ।। ३९ ।।

अर्थ- हे माधव ! हम ऐसा पाप कैसे करें? हमें ऐसा पाप इनके साथ नहीं करना यह बहुत बड़ा पाप है, हमें इससे दूर रहना चाहिए, अतः हे मोहन हे माधव मुझे युद्ध ना करने दीजिए।

वंश को नाश होत कुल धरम होत है नष्ट
बंश नाश हो जान से कुटुम्ब होत सब भ्रष्ट ।। ४० ।।

अर्थ- हे श्री कृष्ण ! कुल का नाश होने से सब धर्म कर्म नष्ट हो जाते हैं और कुल में कुछ भी नहीं रह जाता और कुल नाश से कुल में पाप बढ़ जाता है ।

पाप बढ़त तब जनी मांस हो जाती गंदी
तवई वर्ण संकर लड़ेर जा होत बुद्धि सोउ मंदी ।। ४१ ।।

अर्थ- हे माधव ! पाप कर्म से कुल की स्त्रियाँ व्यभिचारी हो जाती हैं और उनके व्यभिचार से वर्ण संकर संताने पैदा होती है।

वर्ण संकर लड़ेर ले जात कुल को नरक में मानो
जेठे बड्डन के तर्पण होत न उन्हें नरक में जानों ।। ४२ ।।

अर्थ- वर्ण संकर संताने जिन पुरुषों ने कुल नाश किया है और उन कुल को नरक में पहुंचाती है क्योंकि इनसे श्राद्ध और तर्पण कुछ भी नहीं होता।

वर्ण संकर से पुण्य धरम हो जात सब नष्ट
जात धरम कुल सनातन सबई कछू हो जात विनष्ट ।। ४३ ।।

अर्थ- वर्ण संकर बनाने वाले दोषों से कुल ध्वंसकों के जाति धर्म और कुल धर्म निरंतर नष्ट हो जाते हैं, अतः मैं उनका विनाश किस प्रकार करूँ?

ऐसी जा कानात कृष्ण जू जी को धरम मिटत जानौ
वेउ सबै जे परत नरक में कबऊँ न कड़े सांसी मानौ ।। ४४ ।।

अर्थ- हे जनार्द्धत ऐसी कहावत है कि जिसका धर्म नष्ट होता है वे सब प्राणी नर्क में जाते हैं और फिर नर्क से कभी बाहर नहीं आतें।

भज्जा ऐसो कुल विनाश हम करवे खों काय तैयार
'राज सुखन के काजे हम अपनन को करैं काय विनाश? ।। ४५ ।।

अर्थ- हाय हम इतना बड़ा पाप करने को क्यों तैयार हैं? जो राज्य सुख के लोभ में स्वजनों को मारने का प्रयास कर रहे हैं।

मरवो है नोनो हे माधव चाये मारें कौरव आज
हमें कछू हथयार न लेने न करने विनाश ॥ ४६ ॥

अर्थ- हे माधव शस्त्रों को धारण किये हुये कौरव यदि मेरा वध भी कर डालें तो मेरा कल्याण हो जायेगा और मुझे युद्ध से मुक्ति मिल जायेगी।

संजय

संजय के रै ऐसी के कें अर्जुन धनुष वाण फेंके
युद्ध भूमि में वे तो रथ के पछीत जान वैठे ॥ ४७ ॥

अर्थ- संजय ने कहा- हे राजन यह कह कर दुःखी होकर अर्जुन ने उसी समय धनुष और बाण फेंक दिए और रथ के पीछे के भाग में जाकर बैठ गये।

* * *

अध्याय ०२

(सांख्ययोग)

अर्जुन की आँखन से बहन लगी अंसुअन की धार
अकबकाने अर्जुन सें बोले श्री कृष्ण एक बार ॥ ०१ ॥

अर्थ- संजय बोले- हे धृतराष्ट्र तब श्री कृष्ण अर्जुन से बोले जिनका चित्त व्याकुल और उनके नेत्रों से आँसुओं की धारा बह रही है।

अर्जुन तें सांसी कहिये जो मोह किते से आ गौ
ईसे ना तो कीर्ति मिलै ना स्वर्ग ना नोनो मांस कहारौ ॥ ०२ ॥

अर्थ- श्री कृष्ण बोले हे अर्जुन ये अपयश को देने वाला और नरक में डालने वाला मोह तुममें कहाँ से आ गया ऐसे में तो तुम कायर कहलाओगे और तुम्हें अपयश मिलेगा।

ऐई के लाजे जे विचार सब छोड़ौ अर्जुन प्यारे
पने करेजे को पक्को कर लरवे हो जाओ ठाड़े ॥ ०३ ॥

अर्थ- इसलिए हे अर्जुन इन विचारों को छोड़कर अपने मन को पक्का कर लो और युद्ध के लिए खड़े हो जाओ।

अर्जुन कै रये

भीष्म पिता ओ द्रोणाचार्य से कैसे लरवे जायें
दोउ जने हैं पूज्य बताओ कैसे बान चलाये ॥ ०४ ॥

अर्थ- अर्जुन बोले हे मधुसूदन! मैं युद्ध कैसे करूँ मैं भीष्म पितामह और गुरु द्रोणाचार्य पर बाण किस प्रकार चलाऊँ।

इने मारवे से नोनों मैं आज भिखारी हो जाऊँ
गुरु ओ पूज्य की हत्या कर मैं खूनी काय कहाऊँ ॥ ०५ ॥

अर्थ- हे जनार्दन! इससे अच्छा तो मैं अभी भिखारी बनकर मांग कर खाने लगूँ पर गुरु और पितामह का हत्यारा तो ना कह लाऊँगा और न उनके खून से सने भोगों का उपयोग करूँगा।

हम नई जानत युद्ध करें हम जीतैं चाय न जीत पायें
दुर्योधन के संगे पने जनन खो मार के ना जी पायें ॥ ०६ ॥

अर्थ- हे माधव! मैं नहीं जानता कि युद्ध में मैं जीतूं या हारूं और यदि मैं जीत भी जाऊँ तो भी इन कौरवों और स्वजनों को मारकर मैं जिंदा नहीं रह पाऊँगा।

डरपोक्का जानौ चाय जानौ धरम मोह में फंस गौ
हमें बता दो कान्हा अब हम का करवें जग हंस रौ ॥ ०७ ॥

अर्थ- मुझे डरपोक दीनहीन या मोह में फंसा हुआ मान लो पर माधव अब आप ही बतायें मैं क्या करुँ सारा जगत मुझ पर हँस रहा हैं।

राजा को धन ओ देवपद हमें कबऊं ना चाने
दुःख जो दूर भगा दो कान्हा हमें इतेकइ पाने ॥ ०८ ॥

अर्थ- हे माधव! मुझे चाहे पृथ्वी का निष्कंटक राज्य मिल जाये चाहे देवपद क्यों न प्राप्त हो जाये पर आप मुझे ऐसी शिक्षा दें जिससे यह दुःख मुझसे दूर हो जावे क्योंकि मैं आपका भाई, सखा और शिष्य हूँ।

संजय कै रये

अर्जुन हैं बल वारे उनने कै दई जा हैरानी
वे कत कान्हा जू सें हम न लरवे शांति है मानी ॥ ०९ ॥

अर्थ- संजय बोले हे धृतराष्ट्र, ऐसा कहकर दोनों सेनाओं के मध्य में खिन्न होकर अर्जुन बैठ गये और कहने लगे माधव! मुझे युद्ध नहीं करना हैं।

दोउ सेनन के बीच में ठांड़े कृष्ण जू महान
युद्ध विरत अर्जुन से वे कछू कन लगे ससम्मान ॥ १० ॥

अर्थ- दोनों सेनाओं के बीच में श्री कृष्ण अर्जुन से कुछ समझाकर ससम्मान कहने लगे।

श्री कृष्ण जू के रये

कोउ को दुःख तुम काय करत पंडत से बोलत अर्जुन
मरे मांसन को रंज न करै बेउ होत महान जा सुन ॥ ११ ॥

अर्थ- श्री कृष्ण बोले, हे पार्थ! पंडितों जैसा बोलते हो और शोक करते हो पर पंडित लोग

तो न मरे का शोक करते हैं न जीवितों का करते हैं।

सबई जुगन में हम और सब इतई हते जा सुन लो
अबे रहत ओ बाद में रैबे जा सांसी है गुन लो ॥ १२ ॥

अर्थ- श्री कृष्ण बोले हे पार्थ! सब युगों में मैं तुम और कौरव इस धरती पर रहे हैं वे अभी हैं और बादमें भी किसी भी रूप में रहेंगे। तुम नहीं जानते कि ये आत्माएँ अमर हैं।

जैसे बालापन जुवानी और वुढापो मरबे तक
दूजो मिलै शरीर धीर धर मांसतें अब तक ॥ १३ ॥

अर्थ- हे पार्थ! जैसे जीवन में बचपन जवानी और बुढ़ापा आता है उसी प्रकार से यह शरीर भी अलग अलग अवस्थाओं और रूपों में होता है। इसी लिए विद्वान लोग इससे नहीं घबड़ाते।

धीरज बारे जिन घबराबें सरद गरम के मौसम में
दुःख सुख इंद्रिय भोग है नश्वर इन्हें सहौ तुम औसर में ॥ १४ ॥

अर्थ- जिस प्रकार सर्दी गर्मी के मौसम में धीरज वाले व्यक्ति नहीं घबड़ाते, सर्दी, गर्मी सुख दुःख तो आने जाने वाला है इन्हें नाशवान जानकार सहन करना ही उचित है। अतः हे पार्थ धर्म को धारण करो।

सुख दुख से न अकबकात जे एकई से सब रात
धीरज बारे वेउ मांस खों मोक्ष मिलत सुन बात ॥ १५ ॥

अर्थ- हे पार्थ सुख दुःख को समान मानने वाले वीर पुरुषों को ये बहारी पदार्थ दुःख नहीं पहुँचा सकते, वे धीर वीर पुरुष ही मोक्ष के अधिकारी हुआ करते हैं।

सांसी बात की कमी नहीं ओ लवरा को ना रूप देखाय
ज्ञानी ध्यानी ऐसी कत हैं सार तत्व कै रये समझाय ॥ १६ ॥

अर्थ- हे पार्थ असत्य वस्तु का कोई अस्तित्व नहीं होता और सत्य का कहीं अभाव नहीं होता, अतः इन दोनों को ही तत्व ज्ञानी पुरुषों ने अनुभव किया है।

अनिवासी उनखों मानौ जो सबमें रत हैं
ई खों कोउ न मार सकत की में हिम्मत है ॥ १७ ॥

अर्थ- श्री कृष्ण बोले, हे अर्जुन जिसमें ये सारा संसार व्याप्त हैं उसको अविनाशी जानों क्योंकि इस अनश्वर आत्मा का नाश करने में कोई भी समर्थ नहीं है।

अर्जुन जा काया मिटै आत्मा होत महान
ईसें ईसें मोह करो न लरवे की अब ठान ॥ १८ ॥

अर्थ- हे भारत! ये शरीर मिटने पर (नष्ट होने पर) आत्मा महान और अनश्वर है, अतः यह शरीर से जो नश्वर है मोह मत करो और युद्ध को तैयार हो युद्ध करो।

जो जानत आत्मा मर जात ओ मारी जावै
वे आत्मा खों जानत नइयाँ वा न मरत न कोइये मारै ॥ १९ ॥

अर्थ- हे पार्थ! जो पुरुष इस आत्मा को मरने और मारने वाली जानते हैं वे अज्ञानी हैं क्योंकि ये आत्मा न मरती है और ना मारी जाति है।

कोनऊँ काल में ना जा मरत न जन्म कितऊँ भौ
जा तो अजन्मा होत है अर्जुन सुन तोईं सों ॥ २० ॥

अर्थ- इस आत्मा का न तो जन्म होता है और न इसकी मृत्यु ही होती है, ये ना अजन्मा है ना नश्वर है। हे पार्थ ये कथन सुनों।

जो आत्मा खों जानत नश्वर वे कैसे जो मानें
न वे कोउ ये मार सकत न वो कोनऊँ खो मारै ॥ २१ ॥

अर्थ- हे पार्थ! यह आत्मा शरीर नष्ट होने पर भी नाश को प्राप्त नहीं होती, जो इसे अविनाशी और अजन्मा मानता है, वह कैसे किसी की हत्या कर सकता है, क्योंकि शरीर मारता है आत्मा नहीं।

जैसे उन्ना होत पुराने और नये बन जात
ऐसई आत्मा अमर हे अर्जुन माया मिटत कहात ॥ २२ ॥

अर्थ- श्री कृष्ण पार्थ को समझाते हुए कहते हैं कि जिस प्रकार से मनुष्य पुराने कपड़ों को छोड़कर नए कपड़े पहन लेता है उसी प्रकार आत्मा पुराने शरीर को छोड़कर नया शरीर धारण

करती है।

ना तो इये हथियार जे काटत ना तो आग जला सकतई
ना पानू में गलन लगत जा न हवा इये उड़ा सकतई ।। २३ ।।

अर्थ- आत्मा को न तो शस्त्र काट सकता है न आग जला सकती है और न उसे पानी नष्ट कर सकता है और न ही उसे हवा समाप्त कर सकती है।

ना तो जलत है ना जा गलत है न कटै न सूखत है
जा तो अचल रात है सब में सांसी सांसी मूरत है ।। २४ ।।

अर्थ- हे पार्थ! सुनों ना तो आत्मा कटती है ना जलती है, और ना गलती है ये आत्मा तो अविनाशी स्थिर और सनातन होती है। यह इंद्रियों से भी नहीं जाना जा सकता क्योंकि वो कल्पना से भी परे है।

आत्मा कछु ना कात न ऊमें दोष कछु अर्जुन मानौ
सांसी जेउ हैं बात ऐइसे रंजन कर अर्जुन प्यारों ।। २५ ।।

अर्थ- आत्मा कुछ कहती नहीं ना ही उसमें हेर फेर किया जा सकता है। अतः यह समझकर हे पार्थ तुम शोक मत करो।

जो तुम जानत जा आत्मा रोजीना जन्मत और मरत
फिर कें काय के रंज करत तें जो नोनों तें नोइ करत ।। २६ ।।

अर्थ- हे महा बाहों! यदि तुम इस आत्मा को नित्य जन्म लेने वाली और मरने वाली मानते हो तो भी तुम्हें शोक नहीं करना चाहिए।

जो जन्मों उये मरने सांसउ जो मर जात वो जन्म है लेत
जा है सांसी बात मान लो काय खों रंज करत को केत ।। २७ ।।

अर्थ- हे पार्थ! जो जन्मा है उसे मरना है और जिसकी मृत्यु होती यही उसे जन्म लेनाही है अतः जोबात निश्चित है उसमें शोक मतकरो उसमें रंज करना व्यर्थ है।

जन्म के पेल ओ मरबे के बाद नई देखात है कोउ पार्थ
तोउ शरीर को मोह करत हैं जो तो है गो पूरो व्यर्थ ॥ २८ ॥

अर्थ- जन्म के पहले क्या था या मरने के बाद क्या होगा ये किसी को पता नहीं बस मध्य में ही सब होता है ऐसी स्थिति में शोक करना ठीक नहीं। अतः हे अर्जुन, तुम शोक मुक्त हो जाओ।

कोउ देखत कोउ सुनत लिखत कोउ
ने समझत सांसऊ सुन कोउ ॥ २९ ॥

अर्थ- हे पार्थ! कोई तो इस आत्मा को आश्चर्य से देखता है कोई देखकर सुनकर कहकर भी नहीं जानता।

सबरन की आत्मा जा अमर है ईये ना मारबे वारौ
तबई कैत हम अर्जुन तें अब रंजन कर मोरौ प्यारो ॥ ३० ॥

अर्थ- कि सबके शरीर में ये आत्मा नित्य अविनाशी है। इसलिए प्राणियों के लिए शोक करना उचित नहीं।

क्षत्रियन खों तो धरम धरम युद्ध करबे से होत्त है काज
तबई कात हम अर्जुन तुम तो करौ युद्ध तत्काल ॥ ३१ ॥

अर्थ- हे पार्थ! तुम क्षत्रिय हो और तुम्हारा धर्म युद्ध करना है अतः हे अर्जुन तुम धर्म युद्ध तत्काल शुरू कर दो।

भाग्य शीलन के भाग में ऐसो लरबो होत सुनौ
ऐइ सें मिलत है स्वर्ग तुमसे हम साँसी कैरै इये गुनौ ॥ ३२ ॥

अर्थ- श्री कृष्ण जी कहते हैं कि हे पार्थ बिना इच्छा के ये युद्ध तुम्हें स्वयं प्राप्त हुआ है, ऐसा सुअवसर किसी भाग्यवान को ही प्राप्त होता है। जिसपर तुम तो क्षत्रिय हो।

अर्जुन तुम जो धरम को युद्ध कजन ना करबे की ठानौ
पाप परे यश कीर्ति चली जे सांसी बात तुमई जानौ ॥ ३३ ॥

अर्थ- हे पार्थ! यदि तुम अपने धर्म के अनुसार यह युद्ध ना करोगे तो अपनी यश और कीर्ति को खो बैठोगे और पाप को प्राप्त होंगे।

सबमें चर्चा मचें तुम्हारी तुम्हें कु यश मिल जेहै
मरबे से भी बुरई बात जा तुमसे देखौ हो जैहै ॥ ३४ ॥

अर्थ- हे पार्थ! सब तुम्हारी चर्चा करते हुए तुम्हें अपकीर्ति का भागीदार मानेंगे, ये तो मृत्यु से भी बुरी बात होगी।

जो मांस तुम्हें नोनो जानत अब बुरौ तुम्हे वे माने
डरपोक्का कै कै कें वे तो सांसउ तुम्हें पुकारे ॥ ३५ ॥

अर्थ- हे अर्जुन! जो लोग तुम्हें अच्छा मानते थे वे अब तुम्हें अब बहुत बुरा पुरुष मानेंगे और तुम्हें डरपोक समझेंगे, तुम युद्ध में डर के कारण भाग नहीं ले रहे।

तुमई के दुश्मन तुमसे कैहें अनहोनी
ई से बड्डो दुखन होत जो जा तो है सब नोनी ॥ ३६ ॥

अर्थ- शत्रु तुम्हारे पराक्रम की निंदा करते हुए तुम्हें बुरे वचन कहेंगे इससे बढ़कर तुमको कोई दुःख नहीं होगा अतः हे पार्थ तुम युद्ध करो।

मर जावे पे स्वर्ग को पाहे लरबे से पालै हो राज
मन खौ पक्को करके अर्जुन ठाड़ो हो जा लरबे आज ॥ ३७ ॥

अर्थ- हे पार्थ! यदि तुम युद्ध में मृत्यु को प्राप्त हुए तो स्वर्ग में जाओगे यदि जीत गये तो पृथ्वी पर राज करोगे, अतः युद्ध के लिए दृढ़ निश्चय करके खड़े हो जाओ।

हारो जीतों लाभ मिले चाहे हानि रंज या ख़ुशी मिलै
युद्ध करौ भज्जा लरबे सें पाप कबऊँ न सुनौ लगे ॥ ३८ ॥

अर्थ- हे अर्जुन! हार जीत सुख दुःख लाभ हानि सबको समान समझो, और युद्ध के लिए तैयार हो जाओ, ऐसा करने से तुम्हें पाप नहीं लगेगा।

ज्ञान सुनौ अब लों हे अर्जुन अब कर्मन को जोग सुनौ
बुद्धि सें ज्ञान बना कें देखो करमन सें सब नष्ट गुनौ ॥ ३९ ॥

अर्थ- हे अर्जुन! यह उपदेश ज्ञान के विषय में था अब कर्म योग के बारे में सुनाता हूँ। जिस ज्ञान को पाकर कर्म बंधन से मुक्ति प्राप्त होगी।

कछु हानि ना होत न उको उल्टो फल मिल जात
जन्म मृत्यु सें रक्षा करतई नई डरावो आत ।। ४० ।।

अर्थ- कर्मयोग मार्ग में व्यवधान आने पर भी शुभ फल प्राप्त होता है जन्म मृत्यु कुछ भी हो सभी से रक्षा होती है, डरने की कोई बात नहीं।

बुद्धि एक चित्त में लगा निर्णय नोनो लेत
नाय माय न करौ बुद्धि ना भर कौन ईं दुख देत ।। ४१ ।।

अर्थ- निष्काम कर्म की बुद्धि हे पार्थ एक ही ओर लगाओ और सही निर्णय लेने के अधिकारी बनो यह बुद्धि यदि एकाग्र नहीं होती तो दुःख का कारण बनता है। ऐसी बुद्धि अस्थिर विचार विवेक हीन मनुष्यों की होती है।

भोग विलास में डूबे रात जो जाने सरग को नोनो
सबसें बड्डो सरग वे जानै, वेउ लगै उम्दा मानौ ।। ४२ ।।

अर्थ- हे पार्थ! जो भोगों में लिप्त हो जाते हैं और वे कर्म फल के समर्थक और वेदवाक्यों में प्रीति रखते हैं जिनकी दृष्टि में स्वर्ग ही सर्वश्रेष्ठ है ऐसे लोगों का मन कामनाओं में लगा रहता है।

काम भोग ओ सुविधा साधन जिनमें होत बिलात
बातन के बत बना काम से पीडित सबरे रात ।। ४३ ।।

अर्थ- हे पार्थ! जो काम भोग में लगे रहते हैं उनके पास दिखावटी वाणी है, और भोग विलास के साधन है, वे बातों के धनी हैं, पर मूर्ख होते हैं।

ऐश्वर्य धन दौलत भोग विलास जिनके पास जावे
ईश्वर खों वे कैसे चीने वे तो खुद खों सवरों माने ।। ४४ ।।

अर्थ- हे पार्थ! जो पुरुष ऐश्वर्य प्रधान हैं तथा भोगी हैं अर्थात जिनका मन भोग आदि में लगा रहता है उन पुरुषों की ईश्वर में बुद्धि नहीं होती।

वेद बतारै तीनों गुण उनसें तो राने अर्जुन
आसक्त हीन ना सुख दुख जानौ ऐसे वीर वनो अर्जुन ।। ४५ ।।

अर्थ- हे अर्जुन! वेद सकाम हैं और मैं कहता हूँ तुम निष्काम हो जाओ सुख दुःख को सकाम जानकार नित्य स्वार्थों में ना पड़कर धैर्यवान बनों।

बड़्डे तला मिलें तलइयान को का काम राने
तुमको जो ज्ञान मिले तो वे दान को छोटो जाने ।। ४६ ।।

अर्थ- हे पार्थ! जैसे छोटे जलाशय से कार्य पूर्ण नहीं होता, पर बड़े जलाशय में वे सब प्रयोजन सिद्ध हो जाते हैं। उसी प्रकार वेदों का ज्ञान ब्रह्मा में भक्ति रखने वाले मनुष्य को स्वतः ही प्राप्त हो जाता है।

करम करौ फल ऊको मिले जा न सो सो प्यारे
फल की कछू चाहना ना कर ना बन ठलुआ न्यारे ।। ४७ ।।

अर्थ- हे पार्थ! केवल कर्म करो फल की चिंता मत करो तुम न तो फल की आशा करो न निष्काम रहो। अर्थात फल की आशा त्याग कर्म करते रहो।

करम करौ एक चित्त होके विषय छोड़ कै तुम जानौ
सफल होय चाय ना वो होवे चिंता ना करौ बात मानौ ।। ४८ ।।

अर्थ- हे महाबाहो! तुम आसक्ति को छोड़कर सिद्धि और असिद्धि में समान बुद्धि वाला होकर अपने कर्तव्य व कर्मों को करो क्योंकि तुम्हें योग (अप्राप्त की प्राप्ति) करना है।

सदा एक सो रात मांस जो ओर की छाया में रै लो अर्जुन
काम कर्म फल मिलै जो सो से वेउ होत साँसउ कंजूंस ।। ४९ ।।

अर्थ- हे अर्जुन! सकाम कर्म निम्न कोटी की बात है अतः तू समबुद्धि में ही रहकर निष्काम कर्म कर, जो फल के बारे में सोचते हैं वे कंजूस और निम्न कोटी के होते हैं।

होशियार जो होत सुनौ वे पाप पुण्य से रत न्यारे
जेउ योग तुम करलो ईसे कर्मठ हो तुम प्यारे ।। ५० ।।

अर्थ- हे पार्थ! जो व्यक्ति होशियार होते हैं वे पाप पुण्य से परे होते हैं, अतः तुम यही भोग (अप्राप्त में प्राप्त) करो और सबसे विरक्त हो जाओ।

एकाकार बुद्धि से ज्ञानी फल खों त्याग देत हर दम
जन्म मरण बंधन से छूटत वेउ पात है परम पद ।। ५१ ।।

अर्थ- हे अर्जुन! एकाकार बुद्धि वाले प्राणी फल को त्याग देते हैं वे जन्म मृत्यु के बंधन से घूटकर परम पद प्राप्त करते हैं।

जबई माया मोह कें दल दल से तें निखर जै है
तवई लोक परलोक भोग दोउ बैराग्य तें गै है ।। ५२ ।।

अर्थ- हे पार्थ! जब तुम इस मायामोह के बंधन से बाहर आ जाओगे और तुम्हें कुछ भी नहीं भएगा, लोक परलोक का सुख छोड़कर तुम परम पद प्राप्त करोगे।

नांय मांय की बातै के तोरी बुद्धि खों श्राप लगो
एकाकार ध्यान पूजा सें योगी बन जाबे समझौ ।। ५३ ।।

अर्थ- हे महाबाहो! अनेक प्रकार की श्रुति स्मृतियों को सुनकर तुम्हारी बुद्धि भ्रमित हो गई है यह जिस समय निष्छल होकर आत्मा में स्थिर हो जाएगी तभी तुम्हें तत्व ज्ञान प्राप्त होगा।

अर्जुन उवाच

ईश्वर में जो रमों रात है और समाधि लगावे वो
उनके लक्षन अलग होत हैं कैसे बैठे बोलत वो ।। ५४ ।।

अर्थ- अर्जुन ने पूछा हे माधव! जो ईश्वर में रमा रहता है, आत्म स्वरूप में निश्छल बुद्धि वाला होता है। उसके क्या लक्षण है? वह कैसे बोलता बैठता और चलता है।

कृष्ण जू कै रै

मन की सवरी इच्छा आशा जो मांस त्याग दे जानौ
वेउ तो स्थिर प्रज्ञ कहावें पार्थ जा सांसी मानौ ।। ५५ ।।

अर्थ- श्री कृष्ण बोले हे अर्जुन! जो महापुरुष मन की सब कामनाओं को त्याग देता है, और अपने आप ही प्रसन्न रहता है उसे स्थिर बुद्धि वाला कहते हैं।

जिये न दुःख में दुःखी देखियो जो सुख में ना सुखी लगत
ना तो डरावे न खिचयावै ऐसे मांस स्थिर बुद्धि बजत ।। ५६ ।।

अर्थ- हे पार्थ! दुःख में जिसके मन में दुःख नहीं होता और सुख में आसक्ति नहीं होती प्रीति, भय, क्रोध जिसके मन से चले गये हैं वह महात्मा स्थिर बुद्धि वाला मुनि कहलाता है।

शुभ न अशुभ करौ ना अच्छों जिये कछू न भाषै
वेउ मांस की बुद्धि है स्थिर ऐसी सब्री काबै ।। ५७ ।।

अर्थ- जो सबको स्नेह करता है, जो शुभ पदार्थ प्राप्त होने पर हर्ष नहीं करता और अशुभ

प्राप्ति पर विषाद नहीं करता उसी को स्थिर बुद्धि वाला कहना चाहिए।

कछुआ सबरे अंग समेटे जैसे गुड़या जात
ऊसई सबरी इंद्रियन खों जो मांस समेटे रात ॥ ५८ ॥

अर्थ- हे पार्थ! कछुआ जैसे अपने अंगों को समेट लेता है उसी तरह पुरुष अपनी इंद्रियों को विषय हटा लेता है उसी पुरुष की बुद्धि स्थिर जानी जाती है।

स्थिर प्रज्ञ मांस करत जब दरश ईश्वर के
सबरो लालच लोभ मिटत तबऊ प्राणी के मन से ॥ ५९ ॥

अर्थ- हे पार्थ! स्थित प्रज्ञ मनुष्य को जब ईश्वर के दर्शन हो जाते हैं तब उस प्राणी के मन से समस्थ प्रकार के लोभ मोह और माया मिट जाती है।

मोह को नाम ना होत जब सुनौ प्राणप्रिय अर्जुन
इंद्रियां सबई कछु हर लेंती ऐसों है जो ज्ञान सुनो जू ॥ ६० ॥

अर्थ- हे पार्थ! जब मोह का नाश नहीं होता, इंद्रियाँ सबकुछ हर लेती है और पुरुष जो प्रधान था वह इंद्रियों के वश में होकर निष्काम भाव को त्याग देता है।

इंद्रियन खों बांध के सांसी जो मो से प्रीति लगात
वश में ऊके इंद्रि होती स्थिर प्रज्ञ कहात ॥ ६१ ॥

अर्थ- हे पार्थ! जो इंद्रियों को वश में करके मुझसे प्रेम करता है। अर्थात इंद्रियाँ जिसके वश में होती है वही मनुष्य स्थिर प्रज्ञ कहलाता है।

विषय वासना मरबे से जो लोभ मोह बढ़ जात
ओइ सें काम क्रोध मोह जे सबरे अवगुण आत ॥ ६२ ॥

अर्थ- विषयों में आसक्त रहने वाले पुरुष की विषयों में प्रीति हो जाती है आसक्ति से विषयों की कामना होती है और कामना पूर्ण न होने पर क्रोध उत्पन्न होता है।

गुस्सा करबे से जानौ जा बुद्धि मती मर जात
भूले बिसरे बुद्धि चलत तबई पतन हो जात ॥ ६३ ॥

अर्थ- क्रोध में मूर्खता आ जाती है और स्मृतियों में भ्रम हो जाता है, स्मृतियों में भ्रम से ज्ञान

का नाश होता है और बुद्धि नाश होने से मनुष्य अपनी स्थिति से नीचे गिर जाता है।

इंद्रियन खो कर बस में जो चलते जाते है नोनी गैल
ओइ मांस खों मिलत है ईश्वर अर्जुन इये ना मानौ खेल ॥ ६४ ॥

अर्थ- परन्तु हे पार्थ! अपने वश में इंद्रियों को करके राग द्वेष से रहित साधक इंद्रियों द्वारा विषय में विचरता हुआ ईश्वर को प्राप्त करता है।

भीतर से जब दिल खुश रात तबई क्लेश मिट जात
परमात्मा कें लेंगर सांस ऊ वेउ मांस रह जात ॥ ६५ ॥

अर्थ- हे पार्थ! अंदर से प्रसन्नता होने पर सब दुःख दूर हो जाते हैं और उस कर्मयोगी की बुद्धि सब ओर से हटकर सिर्फ ईश्वर में लग जाती है।

जिते योग ना होवे उते बुद्धिभाव ना रात कछू
उये मिलत न शांति ना ऊको जीवन सुखी रात अर्जुन ॥ ६६ ॥

अर्थ- जो पुरुष इंद्रियों को नहीं जीत पाता उसकी बुद्धि स्थिर नहीं होती, ना तो उसे शांति मिलती है और न सुख मिलता है।

जैसे नाव खों हवा बयार नाय मांय कर देत
ऊसई इंद्रिय मांसन खों सोउ मन विचलित कर लेत ॥ ६७ ॥

अर्थ- जिस प्रकार पार्थ नोका को हवा इधर उधर डगमगा देती है उसी प्रकार से विषय युक्त पुरुष को एक ही इंद्रि इधर उधर कर देती है।

पार्थ सुनों जिन मांसन ने जीत लई इंद्रि सबरी
उनई मांसन की बुद्धि रात नोनी सांस ऊँ जानौ उनकी ॥ ६८ ॥

अर्थ- अतः हे महाबाहो! जिसने इंद्रियाँ जीत ली जो विषयों से आसक्त नहीं है उसी की बुद्धि स्थिर होकर परमात्मा मय हो जाती है।

दुनियाँ बारे जिये रात कत बो मुनियन को उजियारो
सांसारिक को जो उजियारो वो मुनियन को अंधियारो ॥ ६९ ॥

अर्थ- हे अर्जुन! जो साधारण पुरुष के लिए अंधकार के समान है वो मुनियों का प्रकाश है,

अतः परमानन्द स्थित प्रज्ञ योगी रात्री के अंधकार में जागकर ही प्रकाश रूपी परमात्मा की प्राप्ति करता है।

सबरी नदियन नारन को पानू समेटत है समुद्र
ऊसई सबरे भोग समाजात स्थिर प्रज्ञ में सुनौ मनुज ।। ७० ।।

अर्थ- जिस प्रकार प्रत्येक नदी नाले समुद्र में समा जाते हैं और समुद्र विचलित नहीं होता, उसी प्रकार सब भोग स्थित प्रज्ञ पुरुष में समा जाते हैं और वह धीर गंभीर बना रहता है।

सबरी इच्छा आशा छोड़ मोह माया से होत है मुक्त
वेउ ईश्वार खों पा जात जो करत जीवन वासना मुक्त ।। ७१ ।।

अर्थ- हे पार्थ! जो पुरुष सम्पूर्ण कामना, ममता और अहंकार को त्यागकर विचरता है वही शांति को प्राप्त होता है।

ब्रम्ह तत्व जीने पालौ उये ना माया कबऊँ सताय
मुक्त वेउ नर होत सदा जो ब्रह्म तत्व में रहे समाय ।। ७२ ।।

अर्थ- हे अर्जुन! सुनो जिसने ब्रम्ह तत्व को पा लिया है उसे माया कभी सता नहीं सकती और अंत में वह पुरुष ब्रम्ह तत्व में स्थित होकर परमानन्द को प्राप्त करता है।

* * *

अध्याय ०३

(कर्म योग)

कर्म योग

अर्जुन के रै

सुनो कृष्ण जू ज्ञान कर्म सें नोनों मानत काय
मोय करम करने के लाने तुम सांसऊ कत काय? ॥ ०१ ॥

अर्थ- अर्जुन बोले हे माधव! मैं आपसे पूछता हूँ कि ज्ञान कर्म से श्रेष्ठ है तो आप मुझे कर्म में क्यों लगाते हैं?

झिकलट से हम हो रये ऐसी सुन के वानी
सांसी सांसी बातैं मो खों बतला दो अंतर्यामी ॥ ०२ ॥

अर्थ- हे माधव मेरी बुद्धि भ्रमित हो रही है, इसलिए एक बात को आप निश्चित करके कहिए जिससे मैं कल्याण को प्राप्त हो सकूँ।

कृष्ण जू के रै

अर्जुन ई संसार में भांत भांत की बनी प्रतिष्ठा
ज्ञानी ज्ञान जोग जानत ओ योगी की कर्मन में निष्ठा ॥ ०३ ॥

अर्थ- श्री कृष्ण जी बोले हे पार्थ! इस संसार में दो प्रकार की निष्ठा होती है एक तो सांख्य वालों की ज्ञान योग और दूसरी योगियों की कर्मयोग।

कर्म न करवे भर से तो ना बनत विभा कर्मन कें
कर्मन जो व्याग देत उये मिलन ना सिद्ध सुनो रै ॥ ०४ ॥

अर्थ- कर्मों का प्रारंभ ना करने से तो कोई निष्कर्मी नहीं कहलाता और कर्मों का त्याग करने से सन्यास लेने से किसी को सिद्धि नहीं मिलती।

घरी घरी पे कर्म करत सब नइयाँ बिना कर्म को कोउ
जा तो प्रकृति सबई से करवात मानौ बात पार्थ तुम सोउ ॥ ०५ ॥

अर्थ- हे पार्थ! ये प्रकृति का स्वभाव है कि वह मनुष्य को किसी ना कसी कर्म में संलग्न

रखती है। और मनुष्य का स्वभाव कर्म करने का है।

इंद्रियन खों जो रोक लेत ओ विषय वासना व्यागत
झूठा लबरा उये कन लगत पार्थ सुनौ हम जानत ।। ०६ ।।

अर्थ- हे जनार्दन! जो मूर्ख व्यक्ति समस्त इंद्रियों को ऊपर से रोक कर रखता है और मन से उनका चिंतन करता है वह मिथ्याचारी कहा जाता है।

इंद्रियन खों वश में करकें जो कितऊँ ना माया में फंसत
जो ऐसो वो कर्म योग को साधन करत महान बजत।। ०७ ।।

अर्थ- हे अर्जुन! जो इंद्रियों को मन में दमन कर और विषयों प्रवृति ना होकर उनसे कर्म लेता है वही कर्मयोगी श्रेष्ठ कहलाता है।

पार्थ कर्म करबो नोनो ना करवो होत है बड़ो बुरौ
सो तो ई काया की जा कैसे चले जब ना कर्म करौ ।। ०८ ।।

अर्थ- अपने मन के अनुसार कर्म करो क्योंकि कर्म न करने से कर्म करना अच्छा है और कर्म ना करने से शरीर का निर्वाह भी नहीं हो सकता।

यज्ञ घाई जो कर्म करे ओ नोनो नोनो कात
नन तर तो इन कर्मन में वो मांस बंधों रै जात ।। ०९ ।।

अर्थ- हे कौन्तेय! यज्ञ के लिए किए जाने वाले कर्मों को छोड़कर जितने भी कर्म हैं उन कर्मों को करने से मनुष्य को बंधन नहीं होता अतः निष्काम कर्म करो।

ब्रम्हा जू ने रचे सबई फिर कै दई ऐसई करिओ जज्ञ
येइ जज्ञ से होय बढ़ोत्तरी ऐसे वोले ईश्वर ब्रह्म ।। १० ।।

अर्थ- सृष्टि के आरंभ में ब्रम्हा जी ने प्रजाओं को रचा और कहा कि तुम लोग यज्ञ से ही वृद्धि को प्राप्त होओगे और यह यज्ञ तुम्हें मन वांछित फल देगा।

जज्ञ करें को मांस परमगति पायं देवता उन्नत होय
देवन करें जो जज्ञ श्रेष्ठ वे होत कहावे देवन सोय ।। ११ ।।

अर्थ- और उन्होंने कहा कि हे मनुष्य यज्ञ से तुम देवताओं को उन्नत करो और देवता तुम्हें

उन्नत करेंगे इस प्रकार निस्वार्थ भाव से एकदूसरे उन्नत करते हुए कल्याण को प्राप्त होंगे।

जज्ञ भाग खों पाकें देवता सब कुछ दै डारै
जो देवन खों कछू न देवें भड़या मांस कहाबै ।। १२ ।।

अर्थ- यज्ञ द्वारा बढ़ाए हुए देवता तुम लोगों को इच्छित वर देंगे इस प्रकार उन देवताओं के द्वारा दिए हुए भोगों को जो पुरुष उन्हे ना देकर स्वयं भोगता है वह चोर है।

जज्ञ को अन्न जो खाकें पलत बेउ कहावे सांसे संत
जो देवता खों कछू न देवे वे पापी हैं मिलत ना अंत ।। १३ ।।

अर्थ- हे पार्थ! यज्ञ से बचे हुए अन्न को जो पुरुष ग्रहण करते हैं वे सब पापों से मुक्त हो जाते हैं। और जो यज्ञ ना करके स्वार्थ वश अपना पोषण करते हैं वे पापी हैं।

सुनों पांडव जज्ञ जे होवे मांस ओ जज्ञ से हो वर्षा
वर्षा होत जज्ञ के द्वारा जज्ञ होत कर्मन की इच्छा ।। १४ ।।

अर्थ- हे पार्थ! समस्त प्राणी अन्न से उत्पन्न होते हैं, अन्न की उत्पत्ति से वर्षा होती है और वर्षा यज्ञ से होती है।

कर्म होत वेदन से ओ वेद रचाये ब्रह्मा जू
जानौ इये ब्रह्म अक्षर (ॐ) जो ई में रहत सदा अर्जुन ।। १५ ।।

अर्थ- कर्म समुदाय वेद से उत्पन्न होते हैं वेद ब्रम्ह जी से बने है, इससे सिद्ध होता है कि सर्वव्यापी परमात्मा सदा ही यज्ञ में रहते हैं।

ई दुनियाँ के नियम आचरण, जो ना मानें सुन लो पार्थ
ऐसो मांस रत भोग विलास में ऊको है जीवो व्यर्थ ।। १६ ।।

अर्थ- हे पार्थ! इस तरह चलाए हुए क्रम के चक्र के अनुसार जो नहीं चलता वह पापमय है और उसका जीवन व्यर्थ है।

लेकिन जो मांस आत्मा से रत है तृप्त जानौ
ऊके लाजें कछू न सोसो वेउ मांस है नोनो ।। १७ ।।

अर्थ- हे अर्जुन! जो मनुष्य आत्मा से तृप्त आनंदमय अनुभव करता है आत्मा से तृप्त है उसे

कुछ भी कर्म कार्य शेष नहीं है वह सर्वश्रेष्ठ है।

ऐसो मांस करे कर्म चाहे कबहु कर्म न करबे
ऊको कोऊ से सम्बंध है जो दुनियाँ मे ना रहबे ॥ १८ ॥

अर्थ- हे जनार्दन! वह प्राणी कोई कार्य करे या ना करे ये आवश्यक नहीं है और किसी प्राणी से लाभ लेने की आवश्यकता भी उसे नहीं है।

माया मोह व्याग कें अर्जुन तुमको करने है जे कर्म
जो ऐसो कर लेत सुनौ बेउ कहात हैं सांसों धर्म ॥ १९ ॥

अर्थ- इसलिए हे पार्थ! तुम भी फल प्राप्ति की इच्छा का त्याग करके कर्तव्य पर ध्यान दो क्योंकि निष्काम कर्म करने वाला पुरुष मोक्ष को प्राप्त होता है।

जनक राज ने पालई थी कर्मठता से जा परम सिद्धि
ऐइ से अर्जुन कर्म करो ओई से मिलत सिद्धि और रिद्धि ॥ २० ॥

अर्थ- हे अर्जुन! राजा जनक आदि ने भी कर्म सिद्धि प्राप्त की थी इसी तरह लोक संग्रहण को देखते हुए तुम्हें कर्म करना उचित है।

नोनो धरम करत जो मांस ऐसई करन लगत सबरे
ओर की देखा देखी नोनो करम करत सब हँसके ॥ २१ ॥

अर्थ- श्रेष्ठ पुरुष जिस कर्म का आचरण करता है अन्य पुरुष उसी के अनुसार चलते हैं। वो जिसे प्रामाणिक मानता है दूसरे भी उसे उत्तम समझते हैं।

अर्जुन इन तीनों लोकन से हमें कछू न चानें
तोऊ से हम जो कर्म करत ऊई सांसी तो ते मानें ॥ २२ ॥

अर्थ- हे पार्थ! तुमको तीनों लोकों में कुछ भी कर्म शेष नहीं है और ना कोई अप्राप्त वस्तु ही प्राप्त करनी है।

अर्जुन कंजत हम करम ना करें सब देखें वे हमें सुनो
देखा देखी करें हमारी कोउ कछू ना करम करो ॥ २३ ॥

अर्थ- हे पार्थ! यदि हम आलसी होकर कर्म न करें तो मनुष्य हर समय हमारे ही रास्ते पर

चलेंगे।

सुनो पार्थ जो हम न करहैं करम सो देखें मांस
सबरे मिट जाहै हो जेहें नष्ट, भ्रष्ट हो नाश ।। २४ ।।

अर्थ- हे अर्जुन! जो मैं कर्म ना करूँ तो सब प्राणी भी कर्म ना करके नष्ट हो जाएंगे अतः मैं ही वर्ण संकरों को उत्पन्न करने का हेतु बन जाएंगे।

मुख से वे करम करत ओ उनमें बीधे रात
ज्ञानी के जो करम होत वे लोक हितन में जात ।। २५ ।।

अर्थ- हे पार्थ! जिस प्रकार मूर्ख फल की इच्छा करके कर्म करता है वैसे ही फल की इच्छा ना करके ज्ञानी को लोक शिक्षा की इच्छा रखते हुए कर्म करना चाहिए।

ज्ञानी मूरखन खों कबऊँ कितऊँ, ना भरमाय
वे तो नोने करम करत रै ऊसई मूरख सें करवायें ।। २६ ।।

अर्थ- कर्म में आसक्त अज्ञानियों की बुद्धि में भेदभाव उत्पन्न ना करें परन्तु आप स्वयं कर्म करते हुए उनसे भी प्रसन्नतापूर्वक कर्म कराना चाहिए।

सबरे करम प्रकृति करवाये सांसी सांसी जानों
मूरख सोसत हमने नोने करम कर लै मानो ।। २७ ।।

अर्थ- हे पार्थ! सब कर्म प्रकृति के गुणों द्वारा किए जाते हैं फिर भी जिसके अंतः करण में अहंकार हो वह अज्ञानी यह मानता है कि ये सब कर्म मैं करता हूँ।

अर्जुन सुनो जो ज्ञानी होत बेउ गुण करम सोसै
पर उनमें वो बीधत नइयाँ ना असक्त होवै ।। २८ ।।

अर्थ- परन्तु हे जनार्दन जो गुण कर्म के सच्चे विभाग और तत्व को जानता है वह ज्ञानी पुरुष यह समझता है कि ये गुणों का खेल है और उसमें आसक्त नहीं होता।

जो कोउ पने हाथन भरम करत उनखों न छेडौ
ज्ञानी उन मूरख मांसन खों कबऊँ सुनौ ना घेरौ ।। २९ ।।

अर्थ- प्रकृति गुणों के आसक्त मनुष्य इन गुणों और कर्मों में आसक्त रहते हैं उन अज्ञानियों

को जो पूर्ण ज्ञानी है वह ज्ञानी विचलित न करे।

सबई करम तुम हमखों दे दो अर्जुन दानी
माया ममता छोड़ के युद्ध करौ तुम ज्ञानी ।। ३० ।।

अर्थ- हे पार्थ! मुझमें लगे हुए चित्त द्वारा सम्पूर्ण कर्मों को मुझे अर्पण कर दे और आशा, ममता और संताप से परे होकर युद्ध कर।

जो मांस हमाई जा बात पार्थ मानत
वेउ श्रद्धालु करमन से मुक्त स्वयं खों जानत ।। ३१ ।।

अर्थ- जो मनुष्य दोष से रहित होकर मेरे इस उपदेश का श्रद्धायुक्त अनुसरण करते हैं वे सम्पूर्ण कर्मों से छूट जाते हैं।

जो मूरख इन बातन खों कबऊँ न माने सुनियो
वे सबरे मिट जायें देख लो सांसी सांसी गुनियो ।। ३२ ।।

अर्थ- परन्तु हे पार्थ! जो मुझमें दोष देखकर मेरे मत का पालन नहीं करते उन मूर्खों को सम्पूर्ण ज्ञान में मोहित होते हुए और फिर नष्ट होते देखा जाता है।

पने स्वभाव से करम करत सब प्राणी देखौ
प्रकृति के वश सब कछू रात नइयाँ अपनों वश लेखौ ।। ३३ ।।

अर्थ- ज्ञानी मनुष्य अपनी प्रकृति के अनुसार आचरण करते हैं और जीव मात्र अपने स्वभाव के अनुसार रहते हैं पर इनमें किसी को हठ नहीं करनी चाहिए।

राग द्वेष सब इंद्रियन के होत सुनौ तुम पार्थ
नोनो करौ तो जेउ विधान बनत सुन लो मोरे भ्रात ।। ३४ ।।

अर्थ- हे पार्थ! प्रत्येक इंद्रि में राग द्वेष है अतः मनुष्य को इनके वश में नहीं होना चाहिए।

पनो धरम है सबसे नोनो और कोउ जानत नइयाँ
पने धरम में मरवो नोनो और कोउ मानत नइयाँ ।। ३५ ।।

अर्थ- हे पार्थ! अपना धर्म ही श्रेष्ठ है दूसरों का धर्म भय को देता है और अपना धर्म कल्याणकारी है।

अर्जुन कै रै

सुनो कृष्ण, जू मांस काय जे पाप करत रत बुरै
हमें बताओ कैसी माया कछू समझ में नहीं परै ।। ३६ ।।

अर्थ- अर्जुन बोले हे माधव! तो फिर ये मनुष्य स्वयं ना चाहते हुए भी पाप क्यों करता है? और वह किस्से प्रेरित होता है?

कृष्ण जू कै रै

बुरै गुनन खों रजो कात इनसें जे पाप पजैं प्यारे
जो है मांसन खों बड्डो दुश्मन सुनौ पार्थ न्यारे ।। ३७ ।।

अर्थ- श्री कृष्ण बोले हे जनार्दन! रजो गुण से काम उत्पन्न होकर क्रोध बनता है यह बड़ा पापी और भोगी है इसलिए ये सबसे बड़ा शत्रु है।

धुआं से आग धूल सें तखता गर्भ ढ़को रत ज्यों भीतर
ऊसई काम क्रोध से ज्ञान ढको रत ज्यों भीतर ।। ३८ ।।

अर्थ- जिस प्रकार धुएं से आग और धूल से दर्पण ढँक जाता है और गर्भ भी ढंका रहता है वैसे ही उस काम से हमारा ज्ञान भी ढंका रहता है।

जैसे आग बढ़त जात है ऊसई काम होत अर्जुन
जो है बैरी ज्ञानी को जो भोत बुरौ है तैं अब सुन ।। ३९ ।।

अर्थ- हे पार्थ! इस अग्नि के समान यह काम भी बढ़ता चला जाता है ज्ञानी के लिए ये बहुत बुरा है।

इंद्रिय मन और बुद्धि काय सें होत हैं बुरै
ऐइ से सबरे मांसन को जो ज्ञान होत वो नेचे गिरै ।। ४० ।।

अर्थ- इंद्रियाँ मन और बुद्धि ये सब काम से ही होते हैं और बुरे हो जाते हैं। और इससे सारा ज्ञान ढंक जाता है।

सबसे पेलऊँ इंद्रियन खों तुम वश में कर लो अर्जुन
काम करत है नाश ज्ञान को ईको करौ दमन तें सुन ।। ४१ ।।

अर्थ- हे पार्थ! तुम सबसे पहले इंद्रियों को वश में करलो काम ज्ञान का नाश करता है इसे

समाप्त कर दो।

इंद्रिय होतीं प्रबल इंद्रियन से बड्डो होत मन
मन सें ऊपर बुद्धि होत और बुद्धि से ऊपर होत आत्मन ॥ ४२ ॥

अर्थ- हे पार्थ! इंद्रियाँ बड़ी मानी जाति हैं। पर इंद्रियों से बड़ा मन होता है मन से बुद्धि बड़ी है और सबसे बड़ी ऊंची आत्मा होती है।

बुद्धि से इंद्रिय कर लो वश में फिर हो जात आत्मा तृप्त
काम है दुश्मन ईको बिल्कुल से कर दो नाश हे मित्र ॥ ४३ ॥

अर्थ- हे जनार्दन! पहले बुद्धि से इंद्रियों को वश में करो फिर मन और आत्मा वश में हो जायेगे ये काम तो शत्रु है इसे बिल्कुल से नष्ट कर दो।

* * *

अध्याय ०४

(ज्ञान कर्म सन्यास योग)

ज्ञान कर्म सन्यास योग

जेउ योग को मैंने सूरज से बतला दो
सूरज ने मनु से ओ मनु ने इच्वाकु से बता दौ ॥ ०१ ॥

अर्थ- श्री कृष्ण जी बोले मैंने अविनाशी कर्म योग को सूर्य से कहा, सूर्य ने मनु से और मनु ने राजा इक्ष्वाकु से कहा।

जेउ योग राजन के ना रओं जानौ
बदलो समय जो दुक गौ देखौ हे अर्जुन सांसी मानौ ॥ ०२ ॥

अर्थ- हे अर्जुन! इस प्रकार इस योग को राजर्षियों ने जाना और यह प्राचीन होने के कारण लुप्त हो गया।

तें मेरो हे संगी साथी मोय लगत भोतई प्यारो
तवई तोय जो योग बता दौ गुप्त रखौ जो न्यारो ॥ ०३ ॥

अर्थ- हे पार्थ! वही प्राचीन योग आज तुम्हें बतलाया है क्योंकि तुम मेरे भक्त और मित्र हो नहीं तो यह योग तो गुप्त रखने वाला है।

अर्जुन कै रये

सूरज हतो पेल सें तुम तो बाद में भये जो मानो
फिर सूरज खों तुमने कैसे योग बता दौ हे माधव ॥ ०४ ॥

अर्थ- अर्जुन बोले हे माधव! सूर्य बहुत प्राचीन है पर आपका जन्म अभी हुआ है तो मैं कैसे मानूँ कि आपने सूर्य को योग बतलाया।

श्री कृष्ण जू कै रये

तुम ना जानौ मैं सब जानत इन जन्मन को राज
तेरे मेरे जन्म हो गये अवतक सुनौ बिलात ॥ ०५ ॥

अर्थ- श्री कृष्ण बोले हे पार्थ! मेरे और तुम्हारे कई जन्म हो चुके हैं और वह मुझे याद हैं। पर

तुम भूल गये इसीलिए ऐसा कह रहे हो।

ऊसे तो हम ईश्वर हैं ओ अविनासी तुम जानत
फिर भी योगमाया सें, हम प्रकृति को सबरो मानत ।। ०६ ।।

अर्थ- हे जनार्दन! मैं जन्मरहित अविनाशी और सब जीवों का स्वामी हूँ अपनी प्रकृति में स्थिर हूँ और माया से जन्म लेता हूँ।

जबई अधर्म बढ़त हैं भारी धर्मन को रत नाश
तबई वड़े साकार रूप में प्रकटत हैं हम पार्थ ।। ०७ ।।

अर्थ- हे भारत! जब जब पृथ्वी पर अधर्म होता है और धर्म क्षीण होने लगता है तब तब मैं जन्म लेता हूँ।

संतन को उद्धार करत मैं पापी को संहार
धरम के लाने पार्थ में जन्मत हर युग में तें मान ।। ०८ ।।

अर्थ- हे पार्थ! साधुओं की रक्षा, पापियों का नाश और धर्म की स्थापना के लिए मैं प्रत्येक युग में जन्मा हूँ।

जिये पतो के हम अलौकिक हैं पा जातो जो ज्ञान महान
वेउ जन्म औ मृत्यु के बंधन से हो मुक्त करत सब ज्ञान ।। ०९ ।।

अर्थ- हे अर्जुन! जो मेरे इस जन्म का अलौकिक रहस्य जानता है वह मरने पर जन्म नहीं लेता और मुझमें विलीन हो जाता है।

ईर्ष्या द्वेष और गुस्सा जब सबई कछू से दूरी होत
वेउ मोय पा जात पार्थ सुन ऊको सबरी कृपा होत ।। १० ।।

अर्थ- इस प्रकार हे पार्थ! मोह, भय और क्रोध को त्यागकर मेरी भक्ति करके मेरे शरणागत हो जाओ। मेरी कृपा प्राप्त करो।

जो जैसो मानत हैं हमखों ऊसई हम ऊखों मानें
काय सें सबरे चलें पदन पे पार्थ जेउ सांसी जानै ।। ११ ।।

अर्थ- हे अर्जुन! जो भक्त मुझे जिस भावना से भजते हैं। मैं उसी तरह का फल देता हूँ क्योंकि

सब मनुष्य मेरे ही मार्ग का अनुसरण करते हैं।

करम सें फल पावे पूजा करत रात जो मांस है
फल वे पाउत पर वे मोय न पाउत जान ले ।। १२ ।।

अर्थ- हे अर्जुन! इस लोक में कर्म सिद्धि की इच्छा करने वाले लोग देवताओं का पूजन करते हैं क्योंकि यहाँ कर्म की सिद्धि शीघ्र ही होती है। पर वे मुझे प्राप्त नहीं कर सकते।

चारों वर्ण हमई ने रच दै हम हैं कर्ता जीवन कें
तोउ पे तें हमें कछू न माने काय सें हम अकर्ता बनें ।। १३ ।।

अर्थ- हे पार्थ! मैंने चार वर्णों की सृष्टि अपने अपने गुण और कर्म से की है सृष्टि कर्ता मैं ही हूँ अतः मुझे अकर्ता न जानो।

कर्म के फल ओ कर्म करन में हमें कछू नइयाँ इच्छा
हमको जो जानत अर्जुन वो कवऊ न करे कर्म इच्छा ।। १४ ।।

अर्थ- कर्मों में मेरी कामना नहीं है अर्थात कर्म मुझे बाध्य नहीं कर सकते इसी प्रकार जो मुझे पहचानता है वह कर्मों के बंधन में नहीं पड़ता।

करम करत तुम मोक्ष सोई तत्व ज्ञान खों जानत ते
उनई जे है बढ़त सें वे कर्म करत रै मानत रे ।। १५ ।।

अर्थ- इसी प्रकार प्राचीन काल में ममुक्षुओं ने भी कर्म किए हैं अतः पूर्व पुरुषों के पहले किए हुए कर्मों को तू भी कर।

कर्म किये कत का अकर्म हे कोउ इये जानत नइयां
जो हमने समझाओ उये कर ओइ से मोक्ष पाय भइया ।। १६ ।।

अर्थ- हे पार्थ! सुनो कर्म क्या है? अकर्म क्या है? इसे समझने में विद्वानों की बुद्धि भी चकरा जाती है उसी कर्म का वर्णन मैं तुमसे करूंगा जिसे जानकार संसार बंधन से छूट कर मोक्ष के भागीदार होंगे।

करम, अकरम ओ विकरम अर्जुन इनखों जानो
कायसें करमन की गति न्यारी देख देख पहचानों ।। १७ ।।

अर्थ- हे पार्थ! कर्म, अकर्म व विकर्म का स्वरूप जानना चाहिए तथा अकर्म में कर्म देखना चाहिए क्योंकि कर्म की गति गहन है।

अकरम में कर्म देख करमन में देखत जो अकरम
वेउ बुद्धि को नोनो जानो योगी होत महान प्रखर ।। १८ ।।

अर्थ- हे पार्थ! जो कर्म में अकर्म और अकर्म में कर्म देखता है वही पुरुष बुद्धिमान है।

करम करे जो कछून मांगै ऐसो ले संकल्प पावे
कैसऊ करम होय वे ज्ञान अग्नि सें जर जावे ।। १९ ।।

अर्थ- हे अर्जुन! जो कर्म करने में कोई कामना नहीं रखता और जिसके सारे कर्म ज्ञान रूपी अग्नि में भस्म हो गये है उस महापुरुष को ज्ञानी लोग भी पंडित कहते है।

करम करै पर फल ना चाहै तोउ रहत है जो संतुष्ट
करम में रे के करम न करवे वेउ मांस हैं संतुष्ट ।। २० ।।

अर्थ- हे अर्जुन! जो मनुष्य फल की आशा छोड़ कर कर्म करता है और उसमें आसक्ति भी नहीं रखता और सदा संतुष्ट रहता है ऐसा मनुष्य कर्मों से घिरे रहने पर भी कुछ नहीं करता।

इंद्रियन खों वश में करकें जीत लेत जो माया खों
ऐसो मांस करम करत है कवऊँ न पोंचे पापन खों ।। २१ ।।

अर्थ- जो सब कामनाओं को त्याग मन और आत्मा को वश में कर संसारी झगड़ों से झूठ कर के बस शरीर से कर्म करते है। वे कभी पाप में नहीं पड़ते।

न कछु इच्छा न सुख, दुख में भरमात जो मांस
ऐसो रहे सदा एक सो कबऊँ न बांधे माया जाल ।। २२ ।।

अर्थ- हे पार्थ! जो प्राणी(मनुष्य) किसी से ईर्ष्या नहीं करता कर्म की सिद्धि या असिद्धि में भेद नहीं समझता वह कर्म करते हुए भी उससे परे है।

माया जी को कबऊँ न भांसे विश्वास है ईश्वर में रत
ऐसे मांस करत जो करम वे हो जात जीवन से विमुक्त ॥ २३ ॥

अर्थ- जो वासना से दूर हो गया है फल की इच्छा नहीं करता और जिसका मन हमेशा परमात्मा में लगा रहता है, जो यज्ञ के लिए कर्म करता है वो जीवन मरण से मुक्त हो जाता है।

जी यज्ञ में श्रुवा हवन ओ मुतके पदार्थ सबई ब्रह्मा हैं
ऊ यज्ञ में योगी द्वारा यज्ञ करो वे ब्रह्मा हैं ॥ २४ ॥

अर्थ- हवन करने का पदार्थ भी ब्रम्ह और आहुति देने वाला भी ब्रम्ह, जिसकी बुद्धि में सब कर्म ज्ञानमय है उसको ब्रम्ह प्राप्त होता है।

भोत से योगी यज्ञ की करत है उपासना समर्पण
और भोत सें ब्रह्म आग में करत है योग को अर्पण॥ २५ ॥

अर्थ- दूसरे योगी देवताओं का पूजन और अनुष्ठान करते हैं पर कुछ परमात्मा रूप अग्नि में यज्ञ के द्वारा ही आत्म रूप यज्ञ का हवन करते हैं।

संयम की आग में इंद्रियन खों करत है विसर्जन
ओ भोतसे लोग विषयन को करत इंद्रियन आग में समर्पण ॥ २६ ॥

अर्थ- हे पार्थ! अन्य योगी इंद्रियों को संयम रूपी अग्नि में हवन किया करते हैं और दूसरे योगी लोक शब्दादि समस्त विषयों को इंद्रिय रूप अग्नि में हवन करते हैं।

इंद्रि कर्म के प्राण कर्म के हवन जोगी करत हैं इते
ओ भोतसे योगी प्राण संयम की आगमें इंद्रियन को करत है उते ॥ २७ ॥

अर्थ- कुछ योगी इंद्रियों की समस्त क्रियाओं को और प्राणों की समस्त क्रियाओं को ज्ञान से प्रकाशित कर आत्म संयम योग रूप अग्नि में हवन करते हैं।

धनको यज्ञ तप को यज्ञ स्वाध्याय को यज्ञ में डूबे रात
ज्ञान यज्ञ ओ योग यज्ञ में डूबे है सब व्रती कात ॥ २८ ॥

अर्थ- हे परंतय! कई पुरुष यज्ञ सम्बंधी हवन करते हैं कितने ही तपस्या रूप हवन करते हैं और बहुत कुछ योग रूप यज्ञ करते हैं, कितने ही अहिंसादि से युक्त यत्नशील पुरुष स्वाध्याय रूप ज्ञान यज्ञ करने वाले हैं।

कछू योगी अपान में प्राण डार कछू प्राण में डारत अपान
कछू प्राण अपान को रोक करत है प्राणायाम ।। २९ ।।

अर्थ- हे पार्थ! कितने ही योगी जन अपान वायु में प्राण वायु को हवन करते हैं, और अन्य योगी जन प्राण वायु में अपान वायु को मिलाकर हवन करते हैं।

रोज प्राणायाम करवे वारे प्राणन में डारत हैं प्राण
इन प्रानन में योगी के पाप करै रै अमर प्राण ।। ३० ।।

अर्थ- हे अर्जुन! कितने ही प्राणायाम परायण पुरुष प्राण और अपान की गति को रोककर प्राणों में ही आहूत कर लेते हैं, ये सभी साधक यज्ञों को जानने वाले हैं।

सुनो पार्थ जो यज्ञ से अमृत पाकर करत परम को ध्यान
पर जो यज्ञ करत नइयाँ उन लोगन को सुन नइयाँ मान ।। ३१ ।।

अर्थ- हे अर्जुन! योगी जन यज्ञ से बचे हुए अमृत समान अन्न को खाते हैं और मोक्ष को प्राप्त होते हैं। जो यज्ञ नहीं करता उसके लिए कोई भी लोक सुखदायक नहीं है।

ऐसे मुलक के यज्ञ वेदन में लिख डारे
करम करो तो जानो चाहे मोक्ष प्राप्त कर ज्ञान पसारे ।। ३२ ।।

अर्थ- हे पार्थ! बहुत से यज्ञ वेदों में वर्णित हैं इन सब को जानना आवश्यक है इनको जानकार ही तू मोक्ष को प्राप्त होगा।

पैसन के कर जज्ञ पर ज्ञान को होतो यज्ञ नोनो
सबरे करमन में ज्ञान समाओ रत जानो ।। ३३ ।।

अर्थ- हे परंतय! द्रव्यमय यज्ञ से ज्ञान मय यज्ञ श्रेष्ठ है तथा सम्पूर्ण कर्म ज्ञान में ही समाप्त हो जाते हैं।

मुड़ी धरपांव परौ सेवा जिज्ञासा से पूछौ सवई कछू
ज्ञानी ध्यानी सें सबरौ तें ज्ञान प्राप्त कर हे अर्जुन ।। ३४ ।।

अर्थ- अतः हे अर्जुन! इस ज्ञान योग को तत्व दर्शी ज्ञानी ही तुम्हें समझा सकते हैं अतः तुम उनसे विनय पूर्वक ज्ञान यज्ञ समझो।

अगर ज्ञान आजाये पार्थ तो माया मोह न गेरै
तवई पनी आत्मा परमात्मा में सवखों तें देखे ।। ३५ ।।

अर्थ- हे जनार्दन! इस ज्ञान यज्ञ को जानने के बाद तुम्हें ऐसा मोह नहीं होगा इसी ज्ञान से समस्त प्राणियों को तुम अपने और मेरे अंदर देखोगे।

सवरे पापी में तें सबसे बड्डो पापी काय न होय
तवई तें ज्ञान की नौका में ज्ञान सें तर जावे जोय ।। ३६ ।।

अर्थ- हे पार्थ! यदि तू अधिक पाप करने वाला अभी है तो भी तू ज्ञान रूपी नौका द्वारा पाप के समुद्र से तर जाएगा।

जैसे आग में सवई कछू जरजात वन राख सब देत
बेसई ज्ञान यज्ञ से देखो कटत जात संकट न देर ।। ३७ ।।

अर्थ- हे अर्जुन! जिस प्रकार जलती हुई आग लकड़ी के ढेर को जला देती है उसी प्रकार ज्ञान रूपी अग्नि सम्पूर्ण कर्मों को जला देगी (समाप्त कर देगी) ।

ज्ञान घांई नइयाँ ई जग में कछु नोनो तुम पार्थ सुनौ
योगी सवरें इये पात है आत्मा में जो तुमई गुनौ ।। ३८ ।।

अर्थ- इस संसार में ज्ञान के समान पवित्र और कुछ भी नहीं है यह ब्रम्ह बहुत समय बाद कर्म योग से सिद्ध पुरुषों को स्वतः ही प्राप्त होता है।

ज्ञान ओइ खों मिलत जिये श्रद्धा ओ भक्ति हृदय में हो
परम शांति उये मिल जात है जिये ज्ञान हृदय में होत ।। ३९ ।।

अर्थ- जो श्रद्धावान पुरुष इंद्रियों को जीत कर ब्रम्हज्ञान में लगा देता है वह ज्ञान प्राप्त करता है, और तुरंत ही शांति (भगवान की भक्ति) को प्राप्त कर लेता है।

करत जो संशय और श्रद्धा कछू न कर पाने मानौ
ऊको होत विनाश मिटें लोक परलोक ऐसी जानौ ।। ४० ।।

अर्थ- अज्ञानी श्रद्धा रहित और संदेही मनुष्य मरमार्थ से भ्रष्ट हो जाते हैं ऐसे मनुष्य के लिए ना लोक है ना परलोक है और ना सुख ही है।

योग में जीके कर्म रहत ओ संशय कछू न होत
उये कर्म न बांधै कैसऊ वो तो आत्म परायन होत ॥ ४१ ॥

अर्थ- हे महाबाहो! जिसने निष्काम कर्म योग से समस्त कर्मों को परमात्मा में अर्पण कर दिया और समस्त संशय को नाश कर दिया ऐसे मनुष्य को कर्म नहीं बांधते।

अपने जी की मूरखता खों ज्ञान तलवार से काटो जू
सम समत्व में स्थिर होकें करौ युद्ध तुम अर्जुन जू ॥ ४२ ॥

अर्थ- हे पार्थ! अज्ञान से उत्पन्न चित्त के इस संशय को ज्ञान रूपी तलवार से काटकर मेरे बताए कर्म योग को करने को तैयार हो जाओ।

* * *

अध्याय ०५

(कर्म सन्यास योग)

अर्जुन कै रये

कऊंकन लगत कर्म करो संन्यासी वन जाओ तुम
श्री कृष्ण जू सबसे नोनो होत है का जे जानत तुम ॥ ०१ ॥

अर्थ- अर्जुन बोले हे माधव! पहले आप कर्मों को त्यागते और फिर कर्मों की प्रसंशा करते हो, इन दोनों में जो मेरे लिए कल्याणकारी है उसे बताओ।

श्री कृष्ण जू कै रये

दोइ होत है नोनो सुनलो पार्थ हमाई बात
लेकन कर्मयोग अपना लो ईसे है कल्यान ॥ ०२ ॥

अर्थ- श्री कृष्ण बोले हे अर्जुन! कर्मों का त्याग और कर्मों को करना ये दोनों ही मोक्ष देने वाले हैं, पर दोनों में कर्म त्याग से कर्म योग हितकर है।

जिए न इच्छा न अभिलाषा वेउ कर्मी है सन्यासी
जिये न माया व्यापै पार्थ वेउ होत है मुक्त ज्ञानी ॥ ०३ ॥

अर्थ- हे अर्जुन! जो किसी से द्वेष नहीं रखता ना ही किसी पदार्थ की इच्छा करता है वही सन्यासी है, ऐसा पुरुष ही आनंद पूर्वक संसार बंधन से छूट जाता है।

मूरख कर्म ज्ञान खों करत अलग न करत पंडित
दोउ के फल एकई जानो एकई सब तुम अपना लो मंडित ॥ ०४ ॥

अर्थ- हे पार्थ! सन्यास और कर्मयोग को मूर्ख लोग ही अलग अलग मानते हैं पर ज्ञानी नहीं मानते, जो इन दोनों में से एक ही मान लेता है उसे दोनों का फल प्राप्त होता है।

ज्ञान कर्म हैं एक सुनौ अर्जुन तुम प्यारे
इनमें दोउ देख रै तुम तो छोड एकइ रंग माने ॥ ०५ ॥

अर्थ- हेपार्थ जो स्थान ज्ञानयोगियों को मिलता है वही कर्मयोगियों को भी मिलता है ये दोनों एक ही है। जोमनुष्य इन्हे एक समझता है वही यथार्थ देखता है।

लेकन कर्म योग न होवे तब तो मुक्त मिलत नईया
दोउ ज्ञान ओ कर्म एक से सांसी मानों भइया ।। ०६ ।।

अर्थ- हे महाबाहो! कर्मयोगी के बिना सन्यास पाना दुष्कर है, कर्म करने वाले को ब्रम्ह प्राप्त करने में देर नहीं लगती, अतः भगवत स्वरूप को मानने वाला योगी परमात्मा को शीघ्र प्राप्त कर लेता है।

जी की आत्मा शुद्ध इंद्रियां जीती जीने जानौ
जो योग कर्म में रत है उये कबऊँ न भासें माया मानों ।। ०७ ।।

अर्थ- हे पार्थ! जिसका मन अपने वश में है जो जितेंद्रिय है शुद्ध हृदय वाला है और सब प्राणियों में जो ईश्वर को देखता है ऐसा कर्मयोगी कर्म फल में लिप्त नहीं होता।

देखवो सूंघवों छींकवो सूंघवों खोआबो और आवो जावो
सोवो जगवों सांस लेवो आँखे खोलो बंद करवावो ।। ०८ ।।

अर्थ- योगमुक्त तत्ववेता पुरुष देखते सुनते स्पर्श करते सूंघते खाते चलते और स्वांस लेते हैं।

लेवों देवो इन-करमन को जो मानत है सहज प्रवीन
जो जा मानै हम कछु नैंया वेउ होत हैं ज्ञानी सिद्ध ।। ०९ ।।

अर्थ- इन कर्मों को जो सहज मानते हैं और अपने आप को कुछ नहीं मानते वे ही परमज्ञानी हैं ।

माया मोह छोड़कें जो ईश्वर खों सब अर्पण कर देत
वोउ तो कीचर में कमल घांई न पाप लगत बस पुन्न लेत ।। १० ।।

अर्थ- हे पार्थ! जो मोह को त्यागकर ईश्वर को अपना सबकुछ अर्पण कर देते हैं वे कीचड़ के कमल जैसे हैं उन्हे पुण्य ही होता है पाप नहीं।

माया मोह त्याग कें इंद्रिय जो वना लेत नोनी
अर्जुन वेउ होत है योगी और वेउ होत ज्ञानी ।। ११ ।।

अर्थ- हे पार्थ! त्यागी जन शरीर मन और बुद्धि तथा इंद्रियों कि आसक्ति से रहित होकर आत्म शुद्धि हेतु कर्म करते हैं, वे ही सच्चे ज्ञानी हैं।

सवई करम खों छोड़ कें जो परम शांति पा जात है
लेकन भोगी करमन में वंध वे आसक्त कहात है ।। १२ ।।

अर्थ- हे महाबाहो! योग युक्त पुरुष कर्म फल त्यागकर मोक्ष रूप शांति का लाभ करता है, और जो योग रहित है वह कर्म की इच्छा में बंधनमें पड़ जाता है।

मन खों वस में करके जो कोउ रात है संतुष्ट सदा
नौ द्वारन वारे घर की काया में रत वो सुखी सदा ।। १३ ।।

अर्थ- हे पार्थ! सब कर्मों का मन से त्याग कर जीव इस नवद्वार की देह रूपी पुरी में न कुछ करता ना कराता हुआ आनंदपूर्वक रहता है।

कर्म ओ कर्ता और कर्मफल जे न ईश्वर ने बनवाए
जे तो सबके मन में रत हैं ईश्वर जाने प्रकृति सुनाए ।। १४ ।।

अर्थ- हे पार्थ! ईश्वर मनुष्यों के ना कर्ता पन की ना कर्मों की ना कर्मफल की ही रचना करते हैं किन्तु ये प्रकृति जन्य है।

ईश्वर खों तो पाप पुन्न सब रहत एक सें
पर जो मांस इनई में बीधो ज्ञान ढको अज्ञानन सें ।। १५ ।।

अर्थ- हे अर्जुन! परमेश्वर किसी के पुण्य पाप को नहीं लेता, ज्ञान जो अज्ञान से ढका है उससे जीव मोह को प्राप्त होता है।

आत्मा के ज्ञान से जब मूरखता मिट जात सुनौ
तब वो ज्ञान सवई में चमकत जैसे सूरज आप गुनौ ।। १६ ।।

अर्थ- परन्तु हे पार्थ! जिनका अज्ञान परमात्मा के द्वारा नष्ट कर दिया जाता है उनका ज्ञान सूर्य के जैसा परमात्मा को प्रकाशित कर देता है।

ईश्वर में जो रमें रात है शुद्ध आत्मा वो जानौ
ज्ञानवान वन पाप मिटें जब वेउ परमगति पाये मानौ ।। १७ ।।

अर्थ- जिनका ज्ञान मन बुद्धि परमात्मा में लगी है ऐसे ज्ञानी पुरुषों का संसार में पुनः आवागमन नहीं होता।

विद्या विनय होत ज्ञानी में समदर्शी वो मांस
उन्हें कछु अंतर व दिखवे ब्राह्मण हो चाहे हो चंडाल ॥ १८ ॥

अर्थ- विद्वान ब्राह्मण में जो विद्या व विनय से सम्पन्न है, गाय, कुत्ता और चांडाल में पंडित की दृष्टि समान रहती है।

जिनके मन में समभाव बनो उनने जीत लई दुनिया
काय से परमात्मा जो चाहत वे हो जात ईश्वर में रतियां ॥ १९ ॥

अर्थ- हे पार्थ! जिनके मन में इस तरह की समानता उत्पन्न हो गई उन्होंने इस संसार में जन्म मरण को स्वयं जीत लिया।

मान अपमान जिने लगे एक सो कवऊँ हंसे न होय दुखी
स्थित प्रज्ञ उनकों कात वेउ रात प्रभु में स्थिर ॥ २० ॥

अर्थ- हे जनार्दन! जो प्रिय को पाकर प्रसन्न और अप्रिय को पाकर खिन्न नहीं होते ऐसे स्थिर बुद्धि वाले मोह से रहित ब्रम्ह वेत्ता को ब्रम्ह में स्थिर जानों।

जो बाहर के सुख न जानै आत्मा को सुख मानत है
वेउ ब्रह्म में रत है नोने उये सुखी सब जानत है ॥ २१ ॥

अर्थ- बाहरी पदार्थ में जो चित्त को आकर्षित नहीं होने देता वही आत्म सुख का नुभव करता है और ब्रम्ह में अंतःकरण को मिलाकर मोक्ष को प्राप्त होता है।

बाहर के जे सुख साधन सब दुख के कारण बन जात सुनौ
जे सब सुख है नाशवान ईमें न परत ज्ञानी मानौ ॥ २२ ॥

अर्थ- जो इंद्रियों के स्पर्श के भोग होते हैं वे दुखदाई होते हैं उनका आदि अंत दोनों है। पर हे कौन्तेय, ज्ञानी पुरुष ऐसे भोगों में रमते नहीं।

मरवे के पैंला जो कामक्रोध खो जीते मांस
सच्चो योगी वेउ कहात सुनौ जा सांसी मानौ पार्थ ॥ २३ ॥

अर्थ- शरीर छूटने से पहले ही जो मनुष्य काम और क्रोध के वेग को सहन करने में समर्थ होता है वही योगी है और सच्चा सुखी है।

जोन मांस आत्मा से सवई कछू कर लेत सुनौ
वेउ सांसो निर्वाण पा सकत जा सांसी सी बात गुनौ ।। २४ ।।

अर्थ- जो योगी आत्म सुख से सुखी अंतरात्मा के आनंद से आनंदित और अंतर्ज्योति से प्रकाशित हैं वह ब्रम्ह रूप होकर निर्वाण को प्राप्त होते हैं।

जिनके सबरे पाप सिरा गये औरन को भलौ विचारे जो
वेउ सच्चो ज्ञानी पंडित है परम ब्रह्म को पाले जो ।। २५ ।।

अर्थ- जिनके पाप नष्ट हो गये कुबुद्धि चली गई मन को जिन्होंने वश में कर लिया है जो जीव मात्र का हित चाहते हैं। ऐसे योगी को मोक्ष प्राप्त होता है।

काम क्रोध खों त्याग जीने देखो है ईश्वर वे ज्ञानी
ऊके लाने ईश्वर सब कछू जेउ बात सबने मानी ।। २६ ।।

अर्थ- हे पार्थ! काम तथा क्रोध जिसमें नहीं है, मन के वेग को जिसने रोक लिया है ऐसे आत्मज्ञानियों को सहजता से निर्वाण प्राप्त होता है।

भोग विलास त्याग कर बीच को नेत्र में ज्ञान जानो
प्राण अपान सवई सांसन से जो कर लेत वेउ नोनो ।। २७ ।।

अर्थ- बाहरी पदार्थों से अलग रहकर भोहों के बीच दृष्टि लगाकर नासिका से प्राण और अपान वायु को सम कर लेते हैं, वह अच्छे हैं।

इंद्रियन खों वस में कर क्रोध काम जो साधत है
वेउ मोक्ष को होत अधिकारी ईश्वर ऊको मानत है ।। २८ ।।

अर्थ- और हे पार्थ! जो इंद्रियों मन और बुद्धि को वश में कर इच्छा भय क्रोध को त्याग मोक्ष की इच्छा करने वाले योगी निर्वाण प्राप्त करते हैं।

सबको भलो करत संगे तप जज्ञ करत है मोरो भक्त
मोखों वो चीनत है जानो जो जन मो में रत अनुरक्त ।। २९ ।।

अर्थ- हे अर्जुन! जो मुझको समस्त यज्ञों और तपों का भोक्ता, सम्पूर्ण लोकों का स्वामी और समस्त प्राणियों का मित्र जानते हैं उन्ही को शांति मिलती है।

* * *

अध्याय ०६

(आत्मसंयम योग)

श्रीकृष्ण जू कै रै

ऐसे मांस जो कर्म करत फल त्यागत जात सदा
अर्जुन वेऊ बड़ो योगी है वे नई जो त्यागत है क्रिया ॥ ०१ ॥

अर्थ- श्री कृष्ण बोले हे अर्जुन! जिसको कर्म फल में आसक्ति नहीं पर कर्मों को करता है वह सन्यासी और योगी है। जिसने हवन आदि छोड़ दिया वह योगी नहीं है और केवल कुछ त्याग करने वाला सन्यासी नहीं है।

जिये कात सन्यास बेउ हे पार्थ योग तुम जानौ
लेकन वो योगी न होत जो न व्यागत सबरो मानो ॥ ०२ ॥

अर्थ- हे अर्जुन! जिसे सन्यास कहते है उसे तू योग मान क्योंकि संकल्पों का त्याग ना करने वाला योगी नहीं होता।

अर्जुन योगी वनवे खों करने आत है जे सब काम रे
योग रुढ तो वेउ कहाय जो रात सदा संयम में ॥ ०३ ॥

अर्थ- हे अर्जुन! निष्काम भाव से कर्म करना योग है जो व्यक्ति विषयों की आसक्ति से छूट जाता है वही योगारूढ़ कहा जाता है।

इंद्रियन के भोग और करमन में जो कबऊ वीधै सुन
वेउ बड़ों सन्यासी कर्मारूढ वेऊ तें सुन अर्जुन ॥ ०४ ॥

अर्थ- जिस समय व्यक्ति न कर्मों में और न इंद्रियों में आसक्त रहता है उसी समय संकल्प त्याग देने वाला पुरुष योगारूढ़ कहलाता है।

अपनो कर उद्धार माया मोह में ना डारे प्रान
काय से जो मांस होत है पनो मित्र ओ दुश्मन जान ॥ ०५ ॥

अर्थ- हे पार्थ! अपने द्वारा अपने को सत्संगति में लाकर अधोगति में प्राप्त ना हो क्योंकि मनुष्य अपना मित्र व शत्रु दोनों ही है।

वेउ पनो है मित्र जो तन मन से आत्म जई
वेउ पनो दुश्मन है पार्थ जो होत मन से विषई ।। ०६ ।।

अर्थ- हे पार्थ! जिस जीवात्मा ने इंद्रियों को जीत लिया वह अपना मित्र है और जो इंद्रिय लोलुप है वह अपना शत्रु है।

ठंडन में गर्मी में मान अपमानन में जो रत
सदा एक सो मानत हे जो ओऊ के साथ ईश्वर रत ।। ०७ ।।

अर्थ- हे जनार्दन! मन को जीतने वाले की आत्मा गर्मी, सर्दी, सुख, दुःख, मान और अपमान में स्थिर रहती है, जिसने ज्ञान से अपना हृदय शुद्ध कर लिया जो निर्विकार है, उसके हृदय में ईश्वर के अलावा कोई नहीं है।

ज्ञानी ध्यानी इंद्रिय जीतत न माया के मोह आधीन
सोनो माटी को एक सो जाने वेउ रात भगवान में लीन ।। ०८ ।।

अर्थ- जिसका मन ज्ञान विज्ञान से भरा है, हे पार्थ! जो जितेंद्रिय है उसके लिए मिट्टी और सोना समान है। वह योगी ईश्वर में लीन रहता है।

प्यारे अपने दुश्मन शत्रु खों सदा एक सो जो लेखे
वेउ होत सज्जन सु जान ओ ईश्वर को वेउ देखे ।। ०९ ।।

अर्थ- हे पार्थ! सुहृदय, मित्र, शत्रु, उदासीन, द्वेषी, बंधुवर्ग, साधु और पापी में जो समान दृष्टि रखता है वही श्रेष्ठ है।

तन मन की जिये सुध नइयाँ कछु कामना मन में नईं
वेउ करत रत ईश्वर ध्यान और साधना नई नई ।। १० ।।

अर्थ- हे पार्थ! योगी पुरुष सब माया मोह को छोड़ कर किसी एकांत वास में बैठकर अपने मन को निरंतर समाधि में लगाता है वही सच्चा योगी है।

मृगछाला ओ कुशा पे लेटत नोनो उन्ना पेरत जो
तनक बीच में ध्यानको आसन पर लेटत है जों ।। ११ ।।

अर्थ- हे जनार्दन! योगी शुद्ध स्थान में पहले कुछ उसके ऊपर मृग चर्म और उस पर वस्त्र बिछाकर बैठे, स्थान न बहुत ऊँचा हो और न नीचा हो ऐसी आसन की स्थापना करें।

आत्म शुद्धि के लाने वैसंई आसन पे हो समाधित
शुद्ध अचल ओ बिल्कुल अकेलो ध्यान करत ईश्वर में लिप्त ॥ १२ ॥

अर्थ- हे पार्थ! उस आसान पर चित्त और इंद्रियों की क्रियाओं को वश में करते हुए मन को एकाग्र करके अंतःकरण की शुद्धि करें।

बदन मूड़ ओ गर्दन को सम करत एक सो ध्यान लगात
शुद्ध आसन पे बैठत वो सीधो सावधान हो जात ॥ १३ ॥

अर्थ- हे पार्थ! शरीर मस्तक और गर्दन समन कर अचल होकर स्थिर होवे और नाक के अग्र भाग में दृष्टि जमाकर जगह न देखता हुआ वह सावधान हो जाता है।

कछूअन खों शांत मन वनवे ब्रह्मचर्य जिये पोसात
वेऊ मोय पा जात सखा सुन तत्पर मोखो रोज लजात ॥ १४ ॥

अर्थ- ब्रह्मचारी के व्रत में स्थिति शांत अंतःकरण वाला व्यक्ति जो मन को स्थिर कर मुझमे लगाता है हे सखा मुझे सबसे अच्छा लगता है।

ऐसी इच्छा रखवे वारो परमात्मा जैसो वन जात
ईश्वर में लग जात बेउ ओ प्रभु में तल्लीन हो जात ॥ १५ ॥

अर्थ- हे मित्र! इस प्रकार का योगी आत्मा को मुझमें लगाता है और परम परमात्मा को प्राप्त कर शांति को प्राप्त करता है।

जोगी वो न होत, जो बिलात खात ओ वेजा सोत
हल्को फुल्को खाबे वारो जो हमें ध्यात वेउ जोगी होत ॥ १६ ॥

अर्थ- हे पार्थ! योगी वो है जो ना ज्यादा खाता है न उपवास रखता है न ज्यादा सोता है और ना ही हमेशा जागता है। उपयुक्त आचरण वाला ही योगी कहा जाता है।

सुनलो अर्जुन वेउ सुखी जो टेम से खात टेम से सोत
योगी वेउ कहात सखा जो टेम से जागे टेम से सोत ॥ १७ ॥

अर्थ- हे पार्थ! सच्चा योग तो यथायोग्य आहार विहार और सोने जागने वाले का ही होता है और उसी से दुःखों का नाश होता है।

मन जो वश में होत ओ आत्मा में वेठत है जात
तवई सवई कामना करें योगी वोउ मांस कहात ।। १८ ।।

अर्थ- हे पार्थ! जो अपने चित्त को पूर्णतः वश में कर लेता है वह परमात्मा में लीन हो जाता है, वह सम्पूर्ण भोगों से मुक्त पुरुष योगी कहलाता है।

दिया खों जैसे कोठा में धर वाती लौ सूधी रात
ऊसई योगी नाय मांय न भटकत वस ईश्वर खों ध्यात ।। १९ ।।

अर्थ- हे जनार्दन! जिस प्रकार वायु न होने पर दिया नहीं जलता उसी प्रकार हे पार्थ ध्यान में लगे योगी का चित्त चलाएमान नहीं होता है।

करत करत जव योग चित्त परमात्मा में लग जात है
तवई आत्मा देखत परमात्मा में ध्यान तवई हो जात है ।। २० ।।

अर्थ- हे अर्जुन! योगाभ्यास से जिस प्रकार से चित्त स्थिर हो जाता है और शुद्ध वृद्धि द्वारा परमात्मा का दर्शन कर लेता है और उन्ही के साथ संतुष्ट रहता है।

इंद्रिय वश में बुद्धि शुद्ध रत ऐसो जो आनंद समात
कबऊँ न मन विचलित हो, जात ऐसो मांस योगी कहात ।। २१ ।।

अर्थ- हे पार्थ! इंद्रियों से परे केवल शुद्ध वृद्धि विवेक के द्वारा जो आनंद ग्रहण करता है और अनुभव करता है फिर वह योगी कभी विचलित नहीं होता।

जो पा जात हैं परमात्मा वो मांस कछू न चाहत है
वड्डो दुःख भी आजावे तो विचलित न हो पाउत है ।। २२ ।।

अर्थ- हे पार्थ! जो योगी परमात्मा की प्राप्ति ही सर्वश्रेष्ठ मानता है वह सबसे ज्यादा लाभ इसी में समझता है वह बड़े से बड़े दुःख में भी क्रियावान नहीं होता।

जो संतोष करत हे नोनो वेउ कहावत है योगी
सव कर्तव्य करत जौ कबऊँ न उकताने जोगी ।। २३ ।।

अर्थ- हे पार्थ! जो इस दुःखी संसार से परे है वह योग है, वह धैर्य और उत्साह से बिना विचलित हुए करना चाहिए।

मन की सबरी अभिलाषा खों त्याग करौ तुम सुन अर्जुन
इंद्रियन खों करलो वस में नियम ध्यान से चलियो जू ।। २४ ।।

अर्थ- हे जनार्दन! सफल कामनाओं को त्यागकर और इंद्रियों के समूहों को चारों ओर से रोककर वश में करके नियम से चलो।

धीरे धीरे धीरज धरकें परमात्मा में रम जाने
सबरी चिंता छोड़ के फिर समाधि में खो जाने ।। २५ ।।

अर्थ- क्रमशः अभ्यास करता हुआ व्यक्ति गति हो प्राप्त हो तथा धैर्य और मन से अपना सबकुछ परमात्मा में स्थित करके उन्ही का चिंतन करे।

मन तो नाय मांय जो भटकत चंचल होत सुनौ तुम पार्थ
इये करौ वस रोक थाम के एक ध्यान में कात हम रात ।। २६ ।।

अर्थ- हे पार्थ! जिसका मन चंचल है और विषयों में लगा हुआ है उसे उस ओर से हटाकर बार बार परमात्मा में लगाना चाहिए।

पापन में जो परत नैया रजो गुनन की होत है खान
ईश्वर तांइ से ऊ योगी को सबरो सुख मिलते जो मान ।। २७ ।।

अर्थ- हे अर्जुन! जिसका मन पाप से रहित है शांत है और माया मोह से दूर है ऐसे योगी को ब्रम्ह लीन होकर उत्तम आनंद प्राप्त होता है।

पाप ओ माया छोंड़ छाड़के योग में जो रत होत है
ईश्वर के दर्शन को सांसो ऊंये देख सुख होत है ।। २८ ।।

अर्थ- वह योगी आत्मा को परम सत्ता में लगाता हुआ सुख पूर्वक परमात्मा का सानिध्य ले अतुल आनंद प्राप्त करता है।

ऊकी आत्मा योगी की होत है सबखों एकई मानत है
आत्मा में वो सवखों देखत सबमें आत्मा जानत है ।। २९ ।।

अर्थ- हे पार्थ! सभी को समभाव से देखने वाल अनंत चेतना में एक ही भाव से देखने वाला आत्मा को सम्पूर्ण भूतों में स्थित और भूतों को आत्मा में देखता है।

जो ईश्वर खों सबमें देखत ओ सबमें देखे ईश्वर
वेउ हमेशा रत हैं जानौ सव के संगे जगदीश्वर ।। ३० ।।

अर्थ- हे पार्थ! जो पुरुष सम्पूर्ण जगत में मुझे ही देखता है और सम्पूर्ण लोक में वासुदेव का निवास जानता है वह न मुझसे कभी अलग होता है और न मैं उससे।

सुन अर्जुन हम सवई जगा है हमें जपत जे रात है
सवई कछू जो कर्म करत तोउ मेरे अंदर जात है ।। ३१ ।।

अर्थ- जो पुरुष एकीभाव से सम्पूर्ण भूतों में आत्मरूप से स्थित सच्चिदानन्द को भजता है वह योगी मुझमे मिल जाता है।

सबखों देखें एक को सुख दुख एक माने
सुनो पार्थ वेउ योगी है सब योगिन में नोनो जाने ।। ३२ ।।

अर्थ- हे अर्जुन! जो सबके सुख दुःख को अपना ही सुख दुःख समझता है वही श्रेष्ठ योगी होता है।

अर्जुन कै रै

सुनौ कृष्ण जू योग बता दौ तुमने सुन लौ मैने
कैसे हम योगी वनें मन चंचल न मानें ।। ३३ ।।

अर्थ- अर्जुन उवाच, अर्जुन बोले हे माधव! आपने जो कहा कि सबको समभाव से देखो पर मन चंचल होने के कारण विचलित हो जाता हूँ।

मन है चंचल है हवा घाईं ओ कान्हा जो बलवान
कैसे इये करें वंश में जो काम कठिन है मान ।। ३४ ।।

अर्थ- हे मधुसूदन! मन बड़ा हठी पराक्रमी और चंचल है इसको अपने वश में करना मुझे वायु को बांधकर रखने के समान लगता है।

कृष्ण जू कै रै

सुनौ पार्थ जो मन चंचल ओ होत सदा गतिमान है
योग साधना से जो वश में करत इये बुद्धिमान है ।। ३५ ।।

अर्थ- श्री कृष्ण जी बोले हे पार्थ! मन चंचल और पराक्रमी होता है पर हे कुंती पुत्र ये वैराग्य

और अभ्यास से संभव है कि इसे वश में करें।

जीको मन वश में नईयाँ उये योग है कठिन सुनौ
जीको मन होवे वश में वे करत साधना योग सुनौ ॥ ३६ ॥

अर्थ- हे पार्थ! जिसका मन वश में नहीं है उसका योग अत्यंत दुर्लभ है ऐसा मेरा विचार है परंतु मन को वश में करके प्रयत्न करने पर यह उपाय संभव है।

अर्जुन के रै

सुनौ कृष्ण जू उन भक्तन की जीको मन रत चंचल
कैसे वे योगी होवें वे योग सिद्धि से वंचित ॥ ३७ ॥

अर्थ- अर्जुन बोले हे मधुसूदन ! जिसमें श्रद्धा होते हुए भी संयम न होने पर जिसका मन योग से हट गया है ऐसा साधक भगवत्साक्षात्कार को प्राप्त न कर किस स्थित में जाता है।

परम मार्ग से भटकत दोनों लोकन से भी वंचित जो
छितराये बदरा जैसो वो मांस काय जू नष्ट न होत ॥ ३८ ॥

अर्थ- हे महाबाहो! क्या वह भगवत प्राप्ति के बिना छिन्न भिन्न होकर बादल जैसा नष्ट हो जाता है।

ई संसय को समाधान बस माधव पास तुम्हारे
तुमको छोड़ कोउ ई संसय को समाधान न जाने ॥ ३९ ॥

अर्थ- हे श्री कृष्ण! मेरे इस संशय का समाधान आप ही कर सकते हैं क्योंकि दूसरा इस शंका का समाधान नहीं कर सकता।

कृष्ण जू के रै

सुनौ पार्थ ऐसे भक्तन को होत न कवई नाश जानो
जो आत्मोद्धार के लाने करत काम वेऊ सफल मानो ॥ ४० ॥

अर्थ- श्री कृष्ण जी बोले हे पार्थ! उस पुरुष का ना तो इस लोक में और ना परलोक में कहीं भी नाश नहीं होता है प्रिय भगवत्प्राप्ति के लिए कर्म करने वाले की बुरी गति नहीं होती।

योगग्रस्त जो मांस हैं वेउ कवऊ स्वर्ग पा लेत
फिर वें जन्म लेत जब तब तो उये मिले अच्छो घर लेत ॥ ४१ ॥

अर्थ- हे तात! योगग्रस्त पुरुष बहुत समय तक पुण्यवालों को मिलने वाले लोक में निवास करते हैं फिर शुद्ध आचरण वाले पुरुषों के घर में जन्म लेते हैं।

कजन्त स्वर्ग न मिले उनै तो नोनी जगह पाउत है जन्म
ऐसो जन्म कबऊं मिलयत मानत हैं ये पंडित जन ॥ ४२ ॥

अर्थ- हे पार्थ! अथवा वैरागी पुरुष उन लोकों में ना जाकर ज्ञानवान योगियों के घर में जन्म लेते हैं। परंतु यह जन्म संसार में दुर्लभ है।

ऐसों जन्म जबै मिल जात तवई मिलत संस्कार नोने
उये ईश्वर मिलत तवई जब ऊको जनम सफल होने ॥ ४३ ॥

अर्थ- हे कुरु नंदन! वह योगियों के वंश में जन्म लेकर पूर्व जन्म का बुद्धि संस्कार को प्राप्त कर और फिर परमात्मा की प्राप्ति हेतु पहले से भी ज्यादा प्रयत्न करता है।

पेलउके जे ज्ञान से वो अबई के कर्मन से जुड़ जात
शास्त्रन के जो ज्ञान सुनत ऊसे आगे वो मांस जात ॥ ४४ ॥

अर्थ- योगग्रस्त पराधीन जब जन्म लेता है और पहले के अभ्यास से ईश्वर को प्राप्त करता है और सकाम फल के कर्मों का उलंघन करता है।

पापन से हो मुक्त योग साधन जो मांस करत है
बेऊ तो सांसऊँ ईश्वर के लिंगा रहत मानत है ॥ ४५ ॥

अर्थ- परंतु हे जनार्दन! प्रयत्न पूर्वक योगाभ्यास करने वाले योगी तो पिछले जन्मों के संस्कारों से इसी जन्म में सम्पूर्ण पापों से रहित होकर परमगति पाते हैं।

योगी ज्ञानी सें भी नोनों होत रात वो मानस
तवई तुम्हें समझात पार्थ तुम वन जाओ योगी साधक ॥ ४६ ॥

अर्थ- हे जनार्दन! योगी तपस्वियों में श्रेष्ठ है और शास्त्र ज्ञानियों से भी अच्छा माना गया है और सकाम कर्म करने वालों से भी योगी श्रेष्ठ है अतः हे अर्जुन तू योगी हो।

सब योगिन में सबसें नोनो जो ईश्वर में रात है लीन
जो ईश्वर खों भजत रहत वो श्रेष्ठ वनत चाहे होवे दीन ॥ ४७ ॥

अर्थ- सम्पूर्ण योगियों में जो श्रद्धावान योगी मुझमें लगे हैं अंतरात्मा से मुझको निरंतर भजते हैं वह योगी मुझे परम श्रेष्ठ लगता है।

* * *

अध्याय ०७

(ज्ञान विज्ञान योग)

ज्ञान विज्ञान योग

कृष्ण जू के रै

मोमें तें आसक्त वनों रै योग करत रै रात दिना
तवई तो मोकों पाले तू मोय जान तें सवई बिना ।। ०१ ।।

अर्थ- श्री कृष्ण जी बोले हे अर्जुन मुझसे मन लगाकर मेरे आश्रय होते हुए योगाभ्यास करते हुए मेरे स्वरूप का जैसे ही पूर्ण ज्ञान होगा और संशय दूर होगा वह सुनो।

विज्ञान के जैसों पूरों ज्ञान तोय बतारौ मैं अर्जुन
इये जान तें ईके आगे कछू न रै जात सुन गुन ।। ०२ ।।

अर्थ- हे पार्थ! मैं तुम्हारे लिए विज्ञान सहित तत्व ज्ञान को कहूँगा जिसको जानने के बाद फिर संसार में जानने योग्य कुछ भी नहीं रहता।

हम ओरन में एक मांस जा सिद्धि प्राप्त कर लेत सुनौ
उनमें से भी कछु मांस जो मोय पा लेत गुनौ ।। ०३ ।।

अर्थ- हे अर्जुन! सहस्त्रों मनुष्यों में कोई एक सिद्धि प्राप्त करने को प्रयत्न करता है और उनमें भी कुछ ही मुझे समझ पाते हैं।

क्षिति जल पावक गगन समीर ओ मन बुद्धि घमंड
जे सबरी भारी प्रकृति है ये ई के संगे चलो पंत ।। ०४ ।।

अर्थ- पृथ्वी, जल, अग्नि, वायु, आकाश, मन, बुद्धि और अहंकार यह आठ प्रकार की प्रकृति मायावी है इस प्रकृति को जड़ कहते हैं।

जड़ ओ चेतन अपरा परा प्रकृति जे मोरी है अर्जुन
ऐईसे जगत पलत पोषत्त सव सुनौ आज फिर से अर्जुन ।। ०५ ।।

अर्थ- हे महाबाहो! इससे दूसरी प्रकृति चेतना है जिसने सम्पूर्ण जगत को धारण किया है।

भूत सवई जड़ चेतन में उपजत सुनौ पार्थ जा बात
मैंने जग रचना कर डाली मै ही उये मिटात तात ॥ ०६ ॥

अर्थ- हे पार्थ! तुम ये जानो इन दो प्रकृतियों से संसार के सब प्राणी उत्पन्न हुए हैं यह प्रकृतियाँ मुझसे उत्पन्न हुई है इस प्रकार जगत की उत्पत्ति और प्रलय का कारण मैं हूँ।

सब हममें है मैं सबमें हूँ मानो बात
माला जैसे गुरिया सब है सुन लो पार्थ ॥ ०७ ॥

अर्थ- हे धनंजय! धागे में जैसे मणि पिरोई जाती है उसी प्रकार यह सम्पूर्ण विश्व मुझमे गुंथा हुआ है।

पानू में मैं रस ओ सूर्य चाँद में रोशनी हूँ
वेद में ॐ आकाश में स्वर ओ पुरुष में पुरुषत्व मैं हूँ ॥ ०८ ॥

अर्थ- हे कुंतीपुत्र! जल में रस मैं ही हूँ, चन्द्रमा और सूर्य में रोशनी मैं ही हूँ, वेदों में प्रणय, आकाश में शब्द, और पुरुष में पौरुष मैं ही हूँ।

धरती में मैं पुण्य आग में तेज तपत हूँ
तपस्वियन के तप में सोइ रहत हूँ ॥ ०९ ॥

अर्थ- हे अर्जुन! पृथ्वी में सुगंध तथा अग्नि में तेज, प्राणियों में जीवन, तपस्वियों में तप मैं ही हूँ।

अर्जुन सुनौ सनातन के बीज हमई माने जात
बुद्धिमान की बुद्धि और तेजवारन के तेज जाने जात ॥ १० ॥

अर्थ- हे पार्थ! सम्पूर्ण प्राणियों में सनातन बीज, बुद्धिमानों में बुद्धिरूप और तेजस्वियों में तेज मैं ही हूँ।

सवई बलन में मोय बल मानौ काम से न्यारे हमें हैं होने
हम धरमन में काम ओ शास्त्रन में सोई काम नोने ॥ ११ ॥

अर्थ- हे भारत! काम और रोग सहित बलवानों में बल और पुरुषों में धर्म के विरुद्ध न जाने वाला काम मैं ही हूँ।

सत रज ओ तम के जितेक है भाव वे हमसें उपजे जानौ
तोउ पे न वे हममें रत न हम उनमें रत जो मानौ ।। १२ ।।

अर्थ- हे पार्थ! और भी जो सत्व, रजो और तमो गुण से उत्पन्न होने वाले भाव है उन सबको तुम मुझसे ही होने वाले जान परंतु उनमें मैं नहीं रहता वो मुझमे रहते हैं।

है सबरो संसार इनई तीनों गुण सत, रज, तम में भरलो
हम इनसे है दूर तोउ वे हमखों कवऊँ न चीनो अब लो ।। १३ ।।

अर्थ- हे पार्थ! सत्व, रज और तम इन तीनों गुणों के भाव से संसार मोहित हो रहा है इसलिए इन तीनों गुणों से परे मुझ परमात्मा को लोग नहीं जानते।

माया महामाई के रूप में सवखों विलमा रई अर्जुन
जो चीनत है हमें उये माया न भांसी सवरे सुन ।। १४ ।।

अर्थ- हे महाबाहो! मेरी यह माया गुणमई और दिव्य है पर दुस्तर है परंतु जो मुझे ही भजते है वे इस संसार से तर जाते हैं उन्हें माया नहीं फँसाती।

माया ने जिनकी मति हर लई हो गए वे राक्षस घाई
वेउ मांस न भजत हमें न उने तनक सुमति आई ।। १५ ।।

अर्थ- हे पार्थ! जो पापी और मूर्ख है जिनका ज्ञान माया ने हर लिया है वे आसुरी भाव वाले मुझे नहीं पाते।

सुनौ पार्थ ज्ञानी जिज्ञासु भक्त ओ जो काम करे नोने
वेउ सज्जन माने जात भजत है मोय वेउ भक्त होने ।। १६ ।।

अर्थ- हे भारत श्रेष्ठ अर्जुन! चार प्रकार के मनुष्य मुझे भजते हैं। दुखिया जिज्ञासु ऐश्वर्य की कामना करने वाले और ज्ञानी।

जो ज्ञानी है तत्व जो जानत मोमें रत है ऊको मन
वेउ है प्यारो मोखो अर्जुन जाई वात मानो तुम सच ।। १७ ।।

अर्थ- हे अर्जुन! उनमें एकाग्रचित और सदा मेरी भक्ति करने वाला ज्ञानी पुरुष उत्तम है क्योंकि मैं ज्ञानी को अत्यंत प्रिय हूँ और वह ज्ञानी मुझे प्रिय है।

जितने जन मैंने बतलाएं उनमें ज्ञानी सबसे प्यारो
काय से वो तो मोरे मन मे फिर में रत जो तुम जानो ।। १८ ।।

अर्थ- यदपि सभी भक्त अच्छे हैं पर ज्ञानी तो मेरी आत्मा ही है क्योंकि वह मन लगाकर मेरा ही आश्रय ग्रहण करता है।

जनम बिलात होत है जब वो मांस ज्ञान खो जानत
मोय है प्यारो सबसे ज्यादा जो मोय वासुदेव मानत ।। १९ ।।

अर्थ- अनेक जन्म के अनंतर ज्ञानी मुझे प्राप्त कर लेते हैं ऐसा महात्मा अत्यंत दुर्लभ है जो सम्पूर्ण जगत को वासुदेव मय जाने।

भोग विलासी मांस को ज्ञान हरो जात है अर्जुन
जो जोन देवता खों भजत ओइ सोरात जो तैं सुन ।। २० ।।

अर्थ- अपनी अपनी प्रकृति के द्वा्रा मनुष्य भिन्न भिन्न काम वासनाओं द्वारा अज्ञान में डूबकर अन्य देवताओं के आधीन होकर उनकी उपासना करते हैं। और उन्हीं जैसे हो जाते हैं।

जो जो मांस जिये पूजत हम ऊमें उये रखत है
ओइ देव में श्रद्धा ऊकी सांस ऊँ हम बांधत है ।। २१ ।।

अर्थ- हे अर्जुन! जो भक्त श्रद्धा पूर्वक जिस जिस देवता का पूजन करना चाहता है उन पुरुषों की उस श्रद्धा को मैं दृढ कर देता हूँ।

श्रद्धा भाव जोन ईश्वर में ऊकी करत है पूजारचा
मोय विधान से वोऊ मांस पा जात है इच्छा को फल भला ।। २२ ।।

अर्थ- वह श्रद्धा युक्त होकर उस देवता कि आराधना करता हैं, उसे मेरे द्वारा रचे हुए काम प्राप्त होते हैं ।

जे फल होते है नाशवान जे कवऊँ न रैवै एक जगह
मोरे सेवक के फल रत हें ऊमें सदा मोय लेंगा ।। २३ ।।

अर्थ- परंतु उन अल्प वृद्धि वालों का फल नाशवान है देवता की आराधना करने वाले देवता को मिलते है और मेरे भक्त मुझमें मिल जाते हैं ।

मैं अनुपम ओ परम स्वभावी ज्ञानी मानत ऐसो
ज्ञानहीन मूरख जो नर है वे मोय मानै अपुन सो ।। २४ ।।

अर्थ- हे पार्थ! मुझे अविनाशी न जानकार बुद्धिहीन पुरुष देहधारी मानकर व्यक्तिभाव को प्राप्त होते हैं।

योगमाया मोय दुकाय रत कोऊ समझ न पात
मोंय जन्म ओ मरवे वालों वे नर नोइ पुसात ।। २५ ।।

अर्थ- मैं योग माया के द्वारा छिपा रहता हूँ सबको नहीं दिखता इसलिए मूर्ख मुझे अनादि अविनाशी ना मानकर मनुष्य के भांति देखते हैं। वे मुझे नहीं भाते।

जो मांस भये ओ अवे हैं और होने है उने
सवखों हम जानत अर्जुन पर कोउ न जानत मोय ।। २६ ।।

अर्थ- हे अर्जुन! मैं भूत भविष्य और वर्तमान के सभी प्राणियों को जानता हूँ पर मुझे कोई नहीं जानता।

अभलाषा ओ जरा पना से जो मांस होत है सारावोर
सब मांसन को जेउ हाल है वो माया में फसें है घोर ।। २७ ।।

अर्थ- हे परन्तय ! इच्छा और द्वेष से उत्पन्न सुख दुःख आदि द्वन्दों के मोह से जगत के सभी प्राणी भ्रम में फंसे हैं।

जब पुन्य काम करके पाप सबई मिट जात
वेउ मांस मोय चीन लेत हैं मोय पकर रै जात ।। २८ ।।

अर्थ- परंतु जिनके पाप नष्ट हो गए हैं वे राग द्वेष से परे होकर दृढ निश्चय कर मेरी भक्ति करते हैं।

जो मोय पावे के करत रात हैं अपनी मुक्ति पावे के यत्न
वेउ तरन तारण हो जात हैं, वे ही मोरे साँसे रत्न ।। २९ ।।

अर्थ- और हे पार्थ! जो मेरा आशय लेकर जन्म मरण के बंधन से छूटने का प्रयत्न करते हैं वे पुरुष पूर्ण ब्रम्ह को आध्यात्म और सम्पूर्ण कर्म को जानते हैं।

मांस वेउ जो आत्मरूप में जानत है मोए पार्थ
अंतकाल में वेउ मोय हो जात हैं सांसऊँ प्राप्त ।। ३० ।।

अर्थ- जो मनुष्य अधिभूत, अधिदैव और अधीयज्ञ में मुझे ही व्यापक मानते हैं। वे युक्तचित्त वाले मनुष्य मझे जानते हैं, और मुझे प्राप्त हो जाते हैं।

* * *

अध्याय ०८

(अक्षर ब्रम्ह योग)

अर्जुन कै रये

सुनो कृष्ण जू ब्रह्म आध्यात्म ओ कर्म किये है कात?
किये कहत अधिभूत किये अधिदेव किते जे रात? ॥ ०१ ॥

अर्थ- अर्जुन बोले हे पुरुषोत्तम! वह ब्रम्ह और आध्यात्म क्या है? अधिभूत और अधिदेव किसे कहते हैं? और कर्म क्या है?

अधियज्ञ किते जो ई शरीर में किते रात तुम कहौ
मरती वेरा जोगी ईखो कैसे समझत तुमई बताओ ॥ ०२ ॥

अर्थ- हे मधुसूदन! अधियज्ञ कैसा है? और इस देह में अधियज्ञ कौन सी है? मरने के समय स्थिर चित्त वाले आपको कैसे जान जाते हैं?

श्रीकृष्ण कै रये

जी को नाश न होत वेउ हे ब्रह्म ओ आत्मा आध्यात्म कहात
त्याग होत है जो विरक्ति को कर्म नाम से जानो जात ॥ ०३ ॥

अर्थ- श्री कृष्ण बोले हे अर्जुन! जो अक्षर अविनाशी और परम श्रेष्ठ है वही ब्रम्हा प्रत्येक वस्तु का स्वभाव आध्यात्म कहलाता है और समस्त चराचर की उत्पत्ति करने वाले विसर्ग ही कर्म है।

नाश वान जो पदार्थ है वेऊ कहात अधिभूत ब्रह्म सुनौ
शरीर में जो अधियज्ञ होत वे वासु देव को कहत गुनौ ॥ ०४ ॥

अर्थ- हे अर्जुन! जो देह आदि नाशवान वस्तु है वह अधिभूत के नाम से जाने जाते हैं। विश्वरूप जो विराट पुरुष है वह अधिदेव है और हे अर्जुन इस देह में मैं ही अधियज्ञ हूँ।

मरती वेरा मोरो ध्यान करत फिर वो मर जात
वेउ मांस ईश्वर को पाउत ई में नईयाँ संदेह कात ॥ ०५ ॥

अर्थ- जो अंतकाल मेरा ध्यान करता हुआ शरीर त्याग करता है वह निःसंदेह मेरे स्वरूप को

प्राप्त करता है इसमें संदेह नहीं है।

मरती वेरा अंत समय में जो जिये याद करत है
ओइ भाव में जन्म पाउत वो जिए जबे सुमरत हैं ॥ ०६ ॥

अर्थ- हे कुंती पुत्र अर्जुन! अंत में मनुष्य जिस वस्तु का स्मरण करता हुआ शरीर त्यागता है वह उसी को प्राप्त करता है।

सुनो पार्थ मोय भजत भजत लरवे जाव तुम
मोय सांसऊ तें पा जाय ईमें नईयाँ संसय सुन ॥ ०७ ॥

अर्थ- इस कारण मुझमें ही बुद्धि लगाकर मेरा स्मरण करते हुए संग्राम करो तुम्हें निःसंदेह मैं मिल जाऊँगा।

योग करत ओ मन से ध्यावत ईसुर खों वो सुन अर्जुन
वेउ मांस ईसुर को पाउत ईमें नइयाँ संसय सुन ॥ ०८ ॥

अर्थ- हे पार्थ! जो मनुष्य परम प्रकाश परमेश्वर का सदा चिंतन करता है और कहीं मन को भटकने नहीं देता वह परमेश्वर को प्राप्त करता है।

जो अनादि सर्वज्ञ प्रभु को जपत रात दिन रात
सूक्ष्म रूप सबमें है व्याप्त वेउ ब्रह्म है मानो जात ॥ ०९ ॥

अर्थ- जो पुरुष अंत समय तक मन को एकाग्र करके परम पिता अति सूक्ष्म सबका पोषण करने वाले सूर्य के समान तेज वाले परम पिता परमात्मा का चिंतन करता है।

दोउ भौंअन के बीच प्राण खों रख कें जो मर जात
ओउ मांस खों ईसुर देखों ऊपर सें मिल जात ॥ १० ॥

अर्थ- वह भक्त पुरुष अंतकाल में भक्ति पूर्वक योगाभ्यास के बल से दोनों भौंहों के मध्य भाग में प्राणों को रखकर परमात्मा का स्मरण करता हुआ परम सत्ता को प्राप्त होता है।

वींतराग ओंकार वेद विद जिये सबई हैं कात
ओइ खों साथ अब सुन अर्जुन तुम्हें सुनावे आज ॥ ११ ॥

अर्थ- वेद को जानने वाला जिसको अक्षर कहते हैं वीतराग होकर सन्यासी जिसमें प्रवेश

करते हैं और जिस परम पद को चाहने वाले ब्रह्मचारी ब्रह्मचर्य का पालन करते हैं। उस परम पद को मैं तेरे लिए संक्षेप में कहता हूँ।

सवई इंद्रियन खों वस में कर माथे पे प्राण करत स्थित
सुनौ पार्थ ओइ मांस खों मिलत परमगति सांसऊ की ॥ १२ ॥

अर्थ- जो सब इंद्रिय द्वारों को रोककर मन को हृदय में धारण कर प्राण को मस्तक में ले जाकर समाधि परमात्मा की योग धारण में स्थापित होकर।

ॐ नाव को ध्यान करत ओ मोरो ध्यान करत जो मांस
सुनौ पार्थ वेउ परम गति खों चलो जात सांसऊ कात ॥ १३ ॥

अर्थ- ॐ इस एक अक्षर रूप ब्रम्ह को उच्चारित करता हुआ और उसके साथ मुझ निर्गुण का चिंतन करता हुआ शरीर त्यागता है उसे मोक्ष मिलता है।

एकई मन ओ ध्यान लगाकें जो मोय नित्य भजत है
ओइ ध्यान योगी खों मैं झट से मिल जात सहज है ॥ १४ ॥

अर्थ- हे अर्जुन! जो मनुष्य मुझको सदा ही स्मरण करता है उन योगियों को मैं सुलभता से मिल जाता हूँ।

मोय प्राप्त कर जो सिद्ध मांस मो में समाजात है
कवऊँ न ऊखों ई जग में देखो, दुख से हट जात है ॥ १५ ॥

अर्थ- जो मनुष्य पूर्ण सिद्ध हो जाते हैं वे मुझे प्राप्त कर लेते हैं फिर ना तो शरीर रूप लेते हैं और ना पुनर्जन्म को प्राप्त करते हैं।

सुनौ पार्थ सब लोकन में वारवार जो जन्म होत है
मोय प्राप्त कर लेत जो नर ऊको पुनर्जन्म न होत है ॥ १६ ॥

अर्थ- हे भारत! जिस काल में योगी जन पुनः संसार में नहीं लौटते क्योंकि मैं कालातीत हूँ और ये सब अंनित्य है।

ब्रह्मा जू को एक पिता चतुर्युगोंतक ऐकई रात जानौ
जो जानत ई मर्म खों पार्थ योगी सांसो मानौ ।। १७ ।।

अर्थ- हजार युगों का एक दिन और हजार महायुगों की एक रात ब्रम्हा जी की होती है जो इन बातों को जानते हैं वे तत्ववेत्ता है।

दिन कें ब्रह्म जू सें प्रकटत अव्यक्त सबई व्यक्त हो जात
रातकें, उनई ब्रह्म जू में सांसऊ भूत समा सोइ जात ।। १८ ।।

अर्थ- ब्रम्हा का दिन होने पर अव्यक्त से सब व्यक्तियों का उदय होता है अर्थात ब्रम्हा से उत्पन्न होते हैं और रात को उसी में विलीन हो जाते हैं।

सोसौ पार्थ वेउ भूत नाय मांय सें आत जात है
दिन में जे जन्में मानत ओ रात में उतई समाने जात हैं ।। १९ ।।

अर्थ- हे पार्थ! समस्त चराचर वस्तुओं का दिन में आगमन और रात्री में विलय हो जाता है।

ओई भूत सें परे दूसरो हैगो जो सनातन जानो
सबकें मिट जावें से जो न कवई मिटत मानो ।। २० ।।

अर्थ- इस अव्यक्त में एक दूसरा सनातन अव्यक्त है जो इन सबके नष्ट होने पर कभी नष्ट नहीं होता।

जिये कहत अक्षर ओइ खो परम गति सोउ कात सबई
जिते पोंच कर फिर नई आने वेउ धाम मोरो अबई ।। २१ ।।

अर्थ- हे पार्थ! उसे ही अक्षर कहते हैं वही परम गति है। और उससे मनुष्य कभी भी वापस नहीं आते।

जी ईसुर में सबरो जो संसार समानो जात पार्थ
ओइ प्रभु खों पावे, भक्ति सबखों नोनी चाने आत ।। २२ ।।

अर्थ- हे पार्थ! जिसके अंतर्गत सब प्राणी हैं और जिससे जगत का विस्तार है वह श्रेष्ठ पुरुष भक्ति से प्राप्त होता है।

सुन लो अर्जुन अब शरीर खो त्यागवे को मरम बतलात
कछू योगी हैं इतई आत कछू तो कवऊ न लौट पात ॥ २३ ॥

अर्थ- हे महाबाहो! जिस काल में योगीजन शरीर छोड़कर फिर नहीं लौटते और जिस काल में लौट आते हैं। अब वह मैं तुम्हें बतलाता हूँ।

अग्नि ज्योति औ शुक्ल पक्ष उत्तरायण सूरज होत जवई
ऐसे में जो छोडत प्राण ब्रह्मा जू में समात तवई ॥ २४ ॥

अर्थ- जिस काल में अग्नि प्रकाश और शुक्ल पक्ष हो ऐसे अत्तरायण के छः महीने में जो मृत्यु को प्राप्त होता है वे ब्रम्हविद ब्रम्हा जी को प्राप्त होते हैं।

रात अंधेरो कृष्ण पक्ष ओ सूरज दक्षिणायन जव जात
ऐसे में जो प्राण छोड़ देत अर्जुन फिर वो वापस आत ॥ २५ ॥

अर्थ- दक्षिणायन के छः महीने में जाने वाला चंद्रमा की ज्योति तक जाकर पुनः लौट आता है।

कृष्ण पक्ष ओ शुक्ल पक्ष जे दोउ सनातन के जाने
शुक्ल पक्ष में मोक्ष मिलत ओ कृष्ण पक्ष में फिरकूँ आने ॥ २६ ॥

अर्थ- संसार भी नित्य चलने वाली कृष्ण और शुक्ल पक्ष नाम की दो गतियाँ है। एक से जाने पर लौटना पड़ता है और दूसरी से जाने पर मोक्ष को प्राप्त हो जाता है।

जो योगी है वे सब जानत कृष्ण शुक्ल पक्ष की बातें
एईसें के रै अर्जुन तुम सोइ वनो योगी कै कानातै ॥ २७ ॥

अर्थ- हे पार्थ! इस प्रकार इन दोनों मार्गों को योगी जानते हैं और अपने मार्ग से कोई योगी विचलित नहीं होता इसलिए हे अर्जुन तू निरंतर मेरी प्राप्ति हेतु साधना करता रह।

पढ़वो वेद को तप जज्ञ दान के फल सें भी कछू अलग
जो कोउ जानत इये वेऊ पा जात है मोंसे परम पद ॥ २८ ॥

अर्थ- हे पार्थ! वेद, यज्ञ, तप और दान में जो पुण्य होता है योग में उससे अधिक पुण्य और ऐश्वर्य प्राप्त होता है वह सबसे अच्छा माध्यम है।

* * *

अध्याय ०९

(राज विद्या राज गुम्ह योग)

श्रीकृष्ण उवाच

नोनो मन ओ शुद्ध विचार रखत हो तुम पार्थ
ओई गोपनीय ज्ञान खों सुन कें पांय परमगति जान ।। ०१ ।।

अर्थ- श्री कृष्ण जी बोले हे अर्जुन! तुममें ईर्ष्या नहीं है इसलिए तुमसे यह गुप्त ज्ञान बतलाता हूँ। जिसको जानकार तुम संसार सागर से मुक्त हो जाओगे।

जो सब से हैं नोनो ज्ञान सव ज्ञानन से श्रेष्ठ है
जो शुद्ध फल देवे वारो साधन करवे में जेष्ठ है ।। ०२ ।।

अर्थ- यह ज्ञान सब ज्ञान में उत्तम है और सब गोपनीय ज्ञान का राजा है पवित्र उत्तम प्रत्यक्ष फल वाला और धर्म से भरा हुआ है। साधन करने में सुगम और नष्ट न होने वाला है।

लेकन अर्जुन जो मोय श्रद्धा से न ध्याकें पावे
उये मिलत न हम ओ उये एई लोक आने जाने ।। ०३ ।।

अर्थ- हे परंतय! इस धर्म पर जिसकी श्रद्धा नहीं है वे प्राणी मुझे प्राप्त नहीं कर सकते और इस मृत्युलोक में आवागमन बनाए रखते हैं।

मों से सबरो जगत व्याप्त ओ सब के जी में मैं रात
पर वे हममें न रे पा रै ऐसे मांस कहात ।। ०४ ।।

अर्थ- हे पार्थ! मैं अव्यक्त हूँ मैंने ही यह संसार बनाया है सब प्राणी मुझमें है पर मैं उनमें नहीं हूँ।

सवरो मों में नहीं समानो पर मोमें योगभाव जानौ
जीवन मरण सवई को करत मैं लेकन उनकें भीतर ना मानौ ।। ०५ ।।

अर्थ- मुझमें सब भूत भी नहीं है मेरी आत्मा सब भूतों का पालन करती हुई भी उनमें स्थिर नहीं है।

जैसे आसमान से उपजत हवा रात ऊके भीतर
ऊसई सवई प्राणियन खों अर्जुन तें समझ मोय भीतर ।। ०६ ।।

अर्थ- जिस प्रकार सर्वत्र बहने वाली वायु समस्त आकाश में व्याप्त है उसी प्रकार समस्त भूत मुझमें है ऐसा विचार करो।

काल अंत में सबई जीव मों में ऐसे है समाय
काल शुरू होवे में इनकी रचना में भी करत दिखाय ।। ०७ ।।

अर्थ- हे कौन्तेय! सभी जीव कल्प के अंत में मुझमे आ मिलते हैं और कल्प के आरंभ में मैं उनको फिर उत्पन्न करता हूँ।

जो है प्रकृति के वश ओ सबके जैसे कर्म रात
ऊसई उने जन्म मैं देकर रचना करत उनकी रात ।। ०८ ।।

अर्थ- अपनी प्रकृति का आश्रय लेकर उनके गुण व स्वभाव वाले समस्त भूत वर्ग को मैं उनके कर्मों के अनुसार बार बार उत्पन्न करता हूँ।

कोउ कर्म मोय बांध न पाउत मैं तो अलायदों उनसे रात
कवऊँ कवऊँ उन करमन में मैं सोउ उनई में डूबो जात ।। ०९ ।।

अर्थ- हे धनंजय! मेरे ये कर्म मुझे नहीं बांधते क्योंकि मैं आसक्ति रहित हूँ और स्थिर हूँ।

प्रकृति हमई से चलत करत सबकी रचना सुन पार्थ
ऐइ सें ई दुनियाँ को घूमत रहत चक्र तें जान ।। १० ।।

अर्थ- मैं अध्यक्ष होकर प्रकृति द्वारा इस नश्वर जगत को रचता हूँ और यह जगत बनता बिगड़ता और चलता रहता है।

मूरख मोय मांस जानत काय हम है मांसन घांई
मोरे ईश्वर रूप खों वे न मानत व्यभिचारी घांई ।। ११ ।।

अर्थ- मूर्ख लोग मेरे स्वरूप को नहीं जानते वे मुझे मनुष्य ही जानते हैं और मेरी अवहेलना करते हैं।

आशा कर्म ओ ज्ञान शब्द जिनके कोनऊ काम के नइयां
उन के राक्षस घांई आचरण रत वे प्रकृति पे तुले हैं भइया ।। १२ ।।

अर्थ- वे उनकी आशा व्यर्थ, कर्म निष्फल और ज्ञान निरर्थक और मन भ्रष्ट है वे उसी राक्षसी प्रकृति के वश में है जो मोह उत्पन्न करती है।

सुने पार्थ जो बड्डे महात्मा मोय भजत सब छोड़ कें
वेउ देवी प्रकृति में वसत सबसे नोनो जोड़ के ।। १३ ।।

अर्थ- हे पार्थ! वे ज्ञानवान जो देवी प्रकृति में स्थिर हैं वे मुझे संसार का अविनाशी तत्व जानकार अनन्य मन से भजते हैं।

वेउ महात्मा मोरो भजन जाप और कीर्तन करत रात
व्रत उपास वे करत सदाओ मोरी भक्ति में लगे रात ।। १४ ।।

अर्थ- दृढव्रती सदा मेरा यथोचित्त कीर्तन करते हैं प्रणाम करते व भक्ति पूर्वक उपासना करते हैं।

यज्ञ ज्ञान पूजा ओ उपासे रह कर मोय मानैं
मोय भजत वे एकई मान मन सें एकई जानें ।। १५ ।।

अर्थ- कई लोग ज्ञान योग से पूजन करते हुए मेरी उपासना करते हैं। कोई एक तत्व से कोई अनेक तत्व से और कोई अनेक रूप वाला मानकर मेरी उपासना करते हैं।

सुनौ पार्थ मोय स्वाहा स्वधा आग और घी सव जानौ
आहुति मंत्र और सवरो जो जई कर्म मोय मानौ ।। १६ ।।

अर्थ- हे पार्थ! श्रोत यज्ञ मैं हूँ यज्ञ मैं हूँ स्वधा मैं हूँ औषधि, मंत्र, घृत, अग्नि और हवन रूप क्रिया भी मैं ही हूँ।

सवरी दुनियाँ रचवे वारो सबको मात पिता बब्बा
चारऊ वेद ऋग, साम यजुर और अथर्व वेद मैं सबका ।। १७ ।।

अर्थ- इस जगत को धारण करने वाला कर्म फल देने वाला पिता, माता, पितामह, जानने योग्य पदार्थ, ऋगवेद, सामवेद, यजुर्वेद मैं ही हूँ।

सबखों जीवन रैबो खावो निर्माण प्रलय को मैं कर्ता
मैं ही शुभ अशुभ कारक ओ अविनाशी को कारण कर्ता ।। १८ ।।

अर्थ- पालनकर्ता, गति, प्रभु, साक्षी, निवास स्थान, रक्षक, मित्र, उत्पन्न करने वाला सहारक आधार, प्रलय स्थान और अविनाशी मैं ही हूँ।

सूर्य तपन में मैं वर्षा में पानू में बरसात पार्थ
जीवन मरण अमृत ओ विष सत्य असत्य मैं सवई सुन भ्रात ।। १९ ।।

अर्थ- मैं सूर्य रूप में तपता हूँ मैं वर्षा रोकता हूँ और मैं ही वर्षा कराता हूँ हे अर्जुन मैं ही अमृत और मृत्यु भी हूँ तथा सत् असत् मैं ही हूँ।

तीन वेदन के ज्ञाता सोमरसी नोने काम करवे वाले मांस
पने सुकर्मन से पाउत वे मोरो नोनो धाम ।। २० ।।

अर्थ- तीनों वेदों के ज्ञाता, सोम पीने वाले पाप रहित यज्ञ द्वारा मेरी पूजा करके स्वर्ग चाहते हैं वे पुरुष अपने पुण्यों के फलस्वरूप स्वर्गवासी होकर दिव्य देवताओं के भोग को भोगते हैं।

भोगत स्वर्ग फिर पुण्य बढ़ा जात जब उनमें अर्जुन
फिर में एइ मृत्युलोक में आउत जाउत सुनौ जू ।। २१ ।।

अर्थ- वे उस स्वर्ग में सुख भोगकर कर्म क्षीण होने पर पुनः मृत्युलोक में आ जाते हैं। इस प्रकार तीनों वेदों के ज्ञाता और सकाम कर्म वालों का आवागमन हमेशा होता रहता है।

सुन अर्जुन जो मास सवई देवी देवतन खो मानत
उन मांसन खों सांसऊ नोनी गति मै देवो जानत ।। २२ ।।

अर्थ- वे व्यक्ति मेरा चिंतन करते हुए मुझे निष्काम भाव से भजते रहते हैं, उन पुरुषों का मैं मोक्ष दे देता हूँ।

कोउ देई देवता पूजौ संगें हमें पुजा उत
विना विधि के कैंसऊ करलो मोरी पूजा कहाऊत ।। २३ ।।

अर्थ- हे अर्जुन! जो श्रद्धालु दूसरे देवताओं को भी पूजते हैं वे मुझे ही पूजते हैं। किन्तु उनका वह पूजन अज्ञान से भरा हुआ रहता है।

सवई कछू को भोग मैं अर्जुन और देवता मोय जानत
हमखों जो न चीने जाने वेउ जन्म और मृत्यु पावत ।। २४ ।।

अर्थ- क्योंकि सम्पूर्ण यज्ञों के भागों को मैं ही ग्रहण करता हूँ परंतु वे मुझे तत्व से नहीं जानते इसीलिए पुनर्जन्म प्राप्त करते हैं।

देवतन खों देवव्रती पात पितरन खों पितरभक्त पाहैं
भूतनखों भूतभक्ता ओ मोरे भक्त मोय पाहै ।। २५ ।।

अर्थ- देवताओं को पूजने वाले देवताओं को, पितरों को पूजने वाले पितृ लोक को और यज्ञों को पूजने वाले यज्ञ लोक को प्राप्त होते हैं। मेरा पूजन करने वाले मुझे प्राप्त होते हैं।

फूल पत्ता पानू जो हमें चढात पार्थ
उनै हमई पा लेत जो भक्ति से हमें खोआत ।। २६ ।।

अर्थ- भक्ति से पत्र, फूल और जल और फल को जो मुझकों अर्पण करता है उस शुद्ध मन व्यक्ति के पदार्थ मैं बड़ी प्रसन्नता से ग्रहण करता हूँ।

काम करो जो खाव पिओ जो दान हवन जो करत हो तुम
सबखों हमें चढ़ाओ कहत हम सुनलौ तुम मोरे अर्जुन ।। २७ ।।

अर्थ- हे कौन्तेय! जो तुम करते हो खाते हो तप करते हो वह सब मुझे अर्पण करो।

हमसे लगन लगाके तुम सन्यासी घाई हमें पा लो
कर्मन के फल से फिर तें तो ऐसे हो जाय मुक्त जानो ।। २८ ।।

अर्थ- ऐसा करने से कर्म बंधन से मुक्त हो जाओगे और सन्यास योग से युक्त होकर मुक्ति को प्राप्त कर मुझको पाओगे।

हमें न कोउ प्यारो न कुप्यारो सबखों सम से देखत हम
हमें प्रेम से भजत रात जो, वो हम में हम ऊमें रत ।। २९ ।।

अर्थ- मैं समस्त भूतों में समान हूँ जो मुझे भजता हैं मैं उसमें हूँ और वह मुझमें हैं।

बुरै कर्म करवे वारों भी चाहे हमें भजले जानो
साधु वेउ हम मानत है जो करत भजन हमाओ मानौ ।। ३० ।।

अर्थ- यदि कोई दुराचारी भी मेरा अनन्य भाव से भजन करता है तो उसे मैं साधु ही मानता हूँ क्योंकि उसने उत्तम मार्ग ग्रहण किया है।

धर्म करत जो मिलत है शांति वेउ कहात धर्मात्मा
मोय भक्त की बुरी गती न कवऊ होत अर्जुन माना ।। ३१ ।।

अर्थ- वह शीघ्र ही धर्मात्मा होकर परम शांति को प्राप्त करता है हे अर्जुन तू निश्चय ही जान कि मेरा भक्त नष्ट नहीं होता अविनाशी है।

कोनऊ जात लिंग हो कोनऊ जनी मांस चाये पापी आवे
मोड़ शरण में आके अर्जुन परगति वेउ पावैं ।। ३२ ।।

अर्थ- हे अर्जुन! स्त्री, वैश्य, शूद्र तथा पापयोनि चांडाल आदि भी मेरी शरण में आकर परम गति पाते हैं।

पुण्य करत, जो भक्त रात उनकी तो बात न कछू काने
मोय भजो ई मृत्युलोक में जेऊ तुमाये संगे जाने ।। ३३ ।।

अर्थ- फिर जो पुण्यात्मा भक्त राजऋषि और ब्राह्मण है उनकी तो बात ही क्या है अतः इस नाशवान संसार में तुम मेरा भजन करो।

मोय पूज कें मन मोमे कर बन जा मोरो भक्त सुनौ
आत्मा से मोरो भक्त बनै जो वेउ मोय पाहै जा गुनौ ।। ३४ ।।

अर्थ- मुझमें मन लगा, मेरा भक्त बन मेरी पूजा करो और मुझे प्रणाम करो मुझमें लौ लगाकर मुझमें लय हो जा।

* * *

अध्याय १०

(विभूति योग)

श्रीकृष्ण उवाच

सुनौ पार्थ मैं कैरो तों से अपनी नोनी जा कानात
मोय है प्यारो तें सो तोसें हितकी करौ मैं बात ।। ०१ ।।

अर्थ- श्री कृष्ण भगवान बोले हे महाबाहो! और भी मेरे कल्याणकारी वचनों को सुनों तुम पर मेरी बहुत प्रीति है अतः तुम्हारे कल्याण के लिए कहता हूँ।

मैं कैसे जन्मो जो जानत नइयाँ ऋषि ओ देव
काय से सबसे पैल से मैं ही जन्मो सुनलो जो उपदेश ।। ०२ ।।

अर्थ- मेरी उत्पत्ति न तो देवगण जानते हैं और ना ही महर्षि मैं ही देवों और महर्षियों का आदि कारण हूँ।

मोय अनादि अनंत महेश्वर जो कोउ जानै
वेऊ कहाउत ज्ञानी पापन से वेऊ मुक्तिपावै ।। ०३ ।।

अर्थ- जो मुझे अनादि अजन्मा और सब लोकों का ईश्वर मानते हैं वे मोह रहित हैं पापों से छूट जाते हैं।

बुद्धिज्ञान ओ माया मोह क्षमा दया ओ भय निर्भय
सुख दुख आये ओ जाये जब मोह से होत सुनौ जो भय ।। ०४ ।।

अर्थ- बुद्धि, ज्ञान, असन्मोहन, भ्रम, सत्य, दम, शम, सुख, दुःख, जन्म, मरण, अभय आदि सब मोह से होते हैं।

समता अहिंसा बदनामी ओ करई बात जो होत सुनौ
सबई प्रकार में होत सवई जे हमसें उपजे साँसी मानो ।। ०५ ।।

अर्थ- अहिंसा, समता, संताप, तप, दान, यश, और अपयश इत्यादि भाव सब मुझमें रहते हैं।

सप्तऋषि सनकादि और चौदा मनु उपजे मोसे तें मान
मेरे मानस पुत्र सवई हैं जगकी जनता इनकी तें जान ।। ०६ ।।

अर्थ- सात महर्षि और उनसे पहले चार मनु और जगत के सब प्राणी मुझसे उत्पन्न हुए है।

ऐई विभूति योग खों तत्व समझ जानत जो कोउ
निश्चल योग युक्त हो पात ईमें नइयाँ संदेह सोउ ।। ०७ ।।

अर्थ- जो मनुष्य मेरी इस विभूति को भली भांति जानते हैं वे योग से सिद्ध होते हैं। इसमें कदापि संदेह नहीं है।

उद्‌भव कों में मूल सुनौ तुम सव प्रवर्त मान कोय
भक्तिभाव से सबरे भक्त मोय भज लेत सुनौ जें होय ।। ०८ ।।

अर्थ- यह जानकार कि मैं ही सबके उत्पत्ति का कारण हूँ और मुझसे ही सब संसार चेष्ठा करता है यह समझ कर बुद्धिमान पुरुष मेरी ही उपासना करते हैं।

मोय चित्त में प्राण समर्पण सुमरत रत जो मोंय सुनौ
वेउ सुख रहत मोय जो मोखो सांसऊ रोज गुनै ।। ०९ ।।

अर्थ- वे बुद्धिमान मुझमे अपने मन और प्राणों को लगाकर मेर भक्ति चर्चा करके आपस में मेरे प्रभावों को बतलाकर संतुष्ट और सुखी रहते हैं।

मोय भजत जे मन से प्रीति करत मौये जपकें
उनै बुद्धि मैं नोनी देत जीसे पावै मोय चरण फिर कें ।। १० ।।

अर्थ- मन लगाकर और निष्ठा पूर्वक भजन करने वाले लोगों को मैं ऐसा बुद्धि योग देता हूँ जिससे वे मुझे प्राप्त कर सकें।

उनई में रमकें आत्मा से में आत्मा में उजियारो होत
भीतर को अंधयारो मिटा के उन्हें प्रकाशित करत जो कोय ।। ११ ।।

अर्थ- हे अर्जुन! उनके ऊपर अनुग्रह कर मैं उनकी बुद्धि में स्थित हो ज्ञानदीप से सांसारिक अंधकार का नाश कर देता हूँ।

अर्जुन उवाच

परम ब्रह्म तुम परम पुरुष हो और परम शुद्ध भगवन
सनातन, दिव्य, अजन्मा सब में व्याप्त रहत तुम देवम ॥ १२ ॥

अर्थ- अर्जुन बोले हे भगवन! आप परमब्रम्ह परमधाम हो पवित्र और दिव्य पुरुष हो और सर्वव्यापी हो।

देव ओं ज्ञानी महाऋषि सव जेउ कात बातें सांसी
तुम सब कछू वेउ वातें कत जो वातें करते ज्ञानी ॥ १३ ॥

अर्थ- तुमको सब ऋषि देवऋषी ज्ञानी और व्यास भी ऐसा कह गये हैं। और स्वयं आप भी ऐसा कहते हो।

तुम जो कात सवई हम समझत ओ सांसी मानें कान्हा
ऐसो है व्यक्तित्व आपको जिये न जाने देव दाना ॥ १४ ॥

अर्थ- हे केशव! जो कुछ भी मेरे संबंध में आप कहते हैं इस सबको मैं सत्य मानता हूँ। हे ईश्वर आपकी लीला को देव और दानव कोई भी नहीं जानते।

सबरी दुनियाँ के सृष्टा तुम ईश्वर कान्हा जगतपती
हे ईश्वर तुम सबई कछू जानत ओ सब स्थिति ॥ १५ ॥

अर्थ- हे भूतों को उत्पन्न करने वाले, हे ईश्वर, हे देव, हे जगत पिता, हे पुरुषोत्तम आप स्वयं ही अपने आप को जानते हो।

अपने सवरे रूप बताओ सांसे सांसे हे केशव
सब लोकन परलोकन में जिन रूपन से तुम व्यापत माधव ॥ १६ ॥

अर्थ- इसलिए आप अपनी दिव्य विभूतियों का हाल वर्णित कीजिए जिनके द्वारा आप इस लोक में व्याप्त हो।

हे केशव में रोजई सोसत कैसे तुमखों चीनै हम
और तुमाये सब भावन को कैसे चिंतन करने अब ॥ १७ ॥

अर्थ- हे योगेश्वर हे ईश्वर! मैं सदैव आपका चिंतन करता हुआ आपको किस प्रकार से जान सकता हूँ आपका ध्यान किन किन भावों से किया जाए।

अपनी माया योग सबई तुम हमें बताओ हे कान्हा
काय से अमृत वाणी तुम हमखो सुनात सदा श्यामा ॥ १८ ॥

अर्थ- हे जनार्दन! कृपया अपनी माया व योग शक्ति को विस्तार से बताइए इस अमृत वाणी को सुनकर मेरा मन तृप्त नहीं है।

श्रीकृष्ण उवाच

सुनौ पार्थ में तुम्हें बताऊँ सवरी अपनी ऐसी विभूति
काय से हमाई विभूतियन को तुम जानत कोउन अंत न श्रुति ॥ १९ ॥

अर्थ- भगवान बोले, हे अर्जुन! मेरा विस्तार तो अनंत है तो भी मुख्य माया और योगशक्ति को मैं तुम्हें सुनाता हूँ।

सबके भीतर रात वेउ आत्मा हम है सुनौ अर्जुन
हमई आदि ओ अंत मध्य सव कछू हमई पार्थ तें सुन ॥ २० ॥

अर्थ- हे अर्जुन! समस्त भूतों के अन्तःकरण की आत्मा मैं ही हूँ मैं ही उनका आदि मध्य और अंत हूँ।

अदिति के बारह बेदन में मैं विष्णु और ज्योतिन में सूरज नोनो हूँ
उनचास वायु को तेज और नक्षत्रन में चंद्रमा जानत सवरो हूँ ॥ २१ ॥

अर्थ- मैं आदित्यों में विष्णु, प्रकाशकों में सूर्य, मारुदगणों में मारीच और नक्षत्रों में चंद्रमा हूँ।

वेदन में सामवेद ओ देवन में इंद्र मोय जानौ
इंद्रियन में मन ओर सबमें चेतना मोय मानौ ॥ २२ ॥

अर्थ- वेदों में सामवेद, देवों में इन्द्र, इंद्रियों में मन और भूतों में चैतन्य हूँ, अर्थात जीवन शक्ति चेतना हूँ।

रुद्रन में मैं शंकर जू हूँ ओ यक्षन में कुवेर जैसो
आठ वस्तु में आग और शिखरन में मैं सुमेर जैसो ॥ २३ ॥

अर्थ- मैं ही रुद्र में शिव यक्ष और राक्षसों में कुबेर हूँ आठ वस्तुओं में अग्नि और पर्वतों में सुमेरु हूँ।

सबरे पुरोहित में मोंय बृहस्पत तुम मानौ
सेनापति में स्कन्द सरों में सागर पार्थ मोय जानौ ।। २४ ।।

अर्थ- हे पार्थ! पुरोहितों में वृहस्पति, सेनापतियों में स्कन्द और जलाशयों में समुद्र मैं ही हूँ।

महाऋषि में भृगु बोली वानी में मैं ॐ सुनौ
यज्ञन में जप यज्ञ ओर मैं सबसे वड़ों हिमालस गुनौ ।। २५ ।।

अर्थ- महर्षियों में भृगु वाणी में ॐकार यक्षों में जप यज्ञ और स्थावरों में हिमालय हूँ।

पेड़न में मैं पीपल हूँ ओ ऋषियन में नारद जैसो
गंधर्वन में चित्ररथ ओ सिद्धांतन में कपिलमुनि सो ।। २६ ।।

अर्थ- मैं वृक्षों में देववृक्ष पीपल, देवऋषियों में नारद, गन्धर्वों में चित्ररथ, सिद्धों में कपिलमुनि हूँ।

घोड़न में उच्चैश्रव ओ हाथियन में ऐरावत सो
और मांसन में अर्जुन तुम मोको तो राजा जानौ ।। २७ ।।

अर्थ- अश्वों में उच्चैःश्रवा नामक घोड़ा हाथियों में ऐरावत और मनुष्यों में मुझे राजा जान।

हथियारन में वज्र घाई ओ गइयन में मैं कामधेनु सुनौ
संतानन के लाने कामदेव सांपन में वासुकि जानौ ।। २८ ।।

अर्थ- आयुधों में वज्र गौओं में कामधेनु प्रजा को उत्पन्न करने वालों में काम देव और सर्पों में मैं वासुकी हूँ।

नागन में मैं शेषनाग और जल को देवता मैं ही वरुण
पितरन में आर्यमा पितर ओ शासन करवे वालो यम ।। २९ ।।

अर्थ- नागों में शेषनाग जलचरों में वरुण पितरों में आर्यमा और शासक में यम मैं ही हूँ।

राक्षसन में प्रह्लाद और गिनवे वारन में टेम मानौ
सवरे ढोर बछेडू में तुम मोय गरुण शेर जानौ ।। ३० ।।

अर्थ- राक्षसों में प्रह्लाद, ग्रास करने वालों में काल, मृगों में सिंह और पक्षियों में गरुण हूँ।

पवित्र करवे बारन में हवा औ शस्त्र धारियन में मैं राम
मछरियन में मगर ओर नदियन में गंगा मैं अविराम ।। ३१ ।।

अर्थ- शुद्ध करने वालों में वायु शस्त्र धारियों में राम मछलियों में मगर और नदियों में गंगा मैं ही हूँ।

सबरीई रचना को मै आदि मध्य ओ अंत सही
विद्या में अध्यात्म धरम में ओ प्रवाद में वाद सभी ।। ३२ ।।

अर्थ- हे अर्जुन! मैं सब प्राणियों का आदि मध्य और अंत हूँ विधाओं में आध्यात्म विद्या और विवादों में वाद मैं ही हूँ।

अक्षर में आकार और समास में द्वंद मोय तुम मानौ
कालन को महाकाल जगत को पालन हार मोय जानौ ।। ३३ ।।

अर्थ- मैं अक्षरों में ओंकार समासों में द्वंद अक्षय काल और चार मुख वाला ब्रम्हा मैं ही हूँ।

नाश के लाने मृत्यु और जीवन के लाने जन्म लेखौ
जनी मांस में कीर्ति वाम स्मृति घृति क्षमा मोय देखो ।। ३४ ।।

अर्थ- सबको हरने वाली मृत्यु पदार्थों कि उत्पत्ति तथा स्त्रियों में कीर्ती लक्ष्मी वाणी स्मृति मेधा धृति और क्षमा मैं ही हूँ।

गावे की श्रुतियन में बृहत्सरम छन्दन में मै गायत्री जू
मइनन में मैं (मार्गशीष) और ऋतुअन में वसन्त मैं हूँ ।। ३५ ।।

अर्थ- सामवेद में वृहदसाम छंदों में गायत्री महीनों में मार्गशीष(कार्तिक) और ऋतुओं में बसंत मैं ही हूँ।

तेजवान का तेज छलन में जुआ ओ करवे वारन को निश्चित जान
सात्विक को मैं सत्य और बहादुरन की जीत मोय मान ।। ३६ ।।

अर्थ- छलिओं में जुआ तेजस्वियों में तेज, विजय वालों में विजय, निश्चय करने वालों में निश्चय और सात्विक पुरुषों में सत्विकता हूँ।

वासुदेव मैं मित्र तुम्हारों पांडव में मैं तेरो रूप
ऋषि मुनी में वेदव्यास ओ कवियन में शुक्राचार्य को रूप ।। ३७ ।।

अर्थ- यादवों में वासुदेव, पांडवों में अर्जुन, मुनियों में व्यास और कवियों में शुक्र मैं ही हूँ।

दमन करत जो उनको डंडा जीतने वारन की मैं शक्ति
गुप्त रखे जो मौन मान मोय तत्व ज्ञानियन की मैं भक्ति ।। ३८ ।।

अर्थ- दमन करने वालों में दण्ड, जय चाहने वालों में नीति, और गुप्त पदार्थों में मौन तथा ज्ञानियों का ज्ञान मैं ही हूँ।

सबको बीजा तत्व मैं अर्जुन सांसी बातें जानौ
सबरी दुनियाँ में मैं ही हूँ कितऊँ न मोय अलग मानौ ।। ३९ ।।

अर्थ- हे अर्जुन! भूत भाव का जो बीज है वह मैं ही हूँ मेरे अलावा चराचर व अचर कुछ भी नहीं है।

सुन्दर से जो रूप हमाये उनको अंत कितऊँ नाईयां
तोय बतादौ जो कछु मैने वो तो इको संक्षेपण भइया ।। ४० ।।

अर्थ- हे परंतय! मेरी दिव्य विभूतियों का अंत नहीं है। इन विभूतियों का विस्तार तो मैंने तेरे लिए संक्षेप में कहा है।

जो जीचें सुन्दर सी दिखती जीमें ज्योति भरी मेरी
सुनो पार्थ वे सवरी चीजे वनी हमई से जा नोनी ।। ४१ ।।

अर्थ- जो जो ऐश्वर्यवान शोभायमान और यशवान है उन्हे मेरे तेज से ही उत्पन्न हुआ जानो।

ज्यादा कहूँ न वतकाव करौ अवमानौ जो सांसऊ ऐसो
सुनौ सवई दुनियाँ जा वन गई जीमें मेरो रूप बसो ।। ४२ ।।

अर्थ- हे अर्जुन! इस ज्ञान से तुम को क्या प्रयोजन है यही मानों कि मैं अपने एक अंश से इस सम्पूर्ण जगत में व्याप्त हूँ।

* * *

अध्याय ११

(विश्वरूप दर्शन योग)

अर्जुन उवाच

ऐसो अध्यात्म को विषय सुनौ जो मैंने कान्हा
मिटगौ सवरो अज्ञान अब तुमसे सबई कछू माना ॥ ०१ ॥

अर्थ- श्री अर्जुन बोले हे भगवान! मुझ पर कृपा करके जो परम गोपनीय आध्यात्म विषयक उपदेश आपने कहा है उससे मेरा सम्पूर्ण मोह दूर हो गया है।

हे कमलनेत्र तुमसे जीवन को सुनौ सवई उत्पन्न विशाल
तुमने कान्हा सुना दओ सब अपनो ही विस्तार को हाल ॥ ०२ ॥

अर्थ- हे कमलनेत्र! मैंने जीवों की उत्पत्ति और प्रलय विस्तार पूर्वक सुना है और आपकी अविनाशी महिमा भी सुनी है।

जैसो अपनो रूप बताओ ऊसई साँसऊ लेखौ
लेकिन मोरी इच्छा ऐसी तुमाओ रूप एकवार देखौ ॥ ०३ ॥

अर्थ- हे पुरुषोत्तम हे परमेशवर! आपने जैसा अपना वर्णन किया वह आपका दिव्य रूप देखने की मेरी इच्छा है।

संम्भव हो जाये कान्हा तो मोय रूप दिखादो अपनो
ननतर तो है देव दिखादो दर्शन आज सवई को ॥ ०४ ॥

अर्थ- हे प्रभो! यदि आप मुझे उस रूप को देखने योग्य समझते हैं तो आप अपना अविनाशी दिव्य रूप मुझे अवश्य दिखाइए।

श्रीकृष्ण उवाच

मोरे सैकड़ा भर जे रूप देखलो अर्जुन तुम आज
बिलात रूप आकृति दिव्य परम सब मेरो साज ॥ ०५ ॥

अर्थ- श्री कृष्ण बोले हे पार्थ! मेरे नाना प्रकार के अनेक वर्ण और आकृति वाले दिव्य सहस्त्र रूपों को देखो।

रुद्रों वसुओं आदिव्यों को देख मोइ में भारत
अश्विनीकुमार मऊद गणों खों मोमें देख कर आरत ।। ०६ ।।

अर्थ- हे भारत! तुम मुझमें अदिति के बारह पुत्रों, आठ वसुओं, ग्यारह रुद्रों और दोनों प्रकार के अश्विनी कुमारों को देखो, उनंचास मरुतगण और जो रूप पहले नहीं देखे उन्हें देखो।

अर्जुन मेरी इस काया में सवई कछू तुम ना देखौ
और कवऊ जो ना देखो वेऊ आज तुम लेखौ ।। ०७ ।।

अर्थ- हे गुड़ाकेश! यह संसार समस्त चराचर के साथ देखो और जो कुछ भी देखना चाहो मेरी देह में देख सकते हो।

इन आँखन से मोय पार्थ तुम देख न पायो
दिव्य आँख हम तुमको देरए इनई सें सब देखौ जानौ ।। ०८ ।।

अर्थ- परंतु इन नेत्रों से मुझे नहीं देख सकोगे अतः मैं तुम्हें अलौकिक नेत्र प्रदान करता हूँ इससे तू मेरे दिव्य रूप को देख।

संजय उवाच

सुनलो राजा कान्हा जू ने अर्जुन खों रूप दिखा दौ
ऐसो नोनो पावन सुन्दर उनके दिल पे छा गौ ।। ०९ ।।

अर्थ- संजय बोले हे राजन! इस प्रकार भगवान ने अर्जुन से कहा और अर्जुन को परम ऐश्वर्य युक्त दिव्य रूप के दर्शन कराए।

मो विलात आँखें विलात ओ छवि नोनी तुम जानौ
जेवर गुरिया वागाम्वर माला आयुध सब देखौ जानौ ।। १० ।।

अर्थ- उस विश्व रूप में अनेक मुख व नेत्र थे उनमें अनेक अद्भुत दृश्य थे और आभूषणों से सुसज्जित थे।

नोनो सुगंधित तन में पोतें ऐसे हैं जो और न छोर
देखो अर्जुन ने वड्डो रूप जैसे होत उजियारों भोर ।। ११ ।।

अर्थ- देह पर दिव्य वस्त्र व सिगन्ध थे, उस देव में चारों ओर मुख दिखाई देते थे। ऐसा दिव्य अनन्त रूप अर्जुन ने देखा।

एक हज़ार सूरज से जैसो नई होय उजियारों
ऊसे नोनों कान्हा जू को जो विराट रूप प्यारो ।। १२ ।।

अर्थ- हजारों सूर्यों की आभा भी उसकी तुलना नहीं कर सकती थी उस समय देव शरीर में अर्जुन ने एकाग्रचित होकर देखा।

अर्जुन ने उनके शरीर में देखी सवरी दुनियाँ
न्यारे न्यारे रूप जगत के देख के अर्जुन भै गुनियाँ ।। १३ ।।

अर्थ- पांडु पुत्र अर्जुन ने उस समय श्री कृष्ण जी के शरीर में अनेकानेक जगतों को देखा और भांपा।

आश्चर्य चकित हो अर्जुन ने फिर कृष्णा को करो प्रणाम
हाथ जोर के घर के मूड़ करो नमन करलों श्री धाम ।। १४ ।।

अर्थ- तब अर्जुन आश्चर्यचकित हो गये उन्होंने सिर झुकाकर हाथ जोड़कर कहा

अर्जुन उवाच

ब्रह्मा जू ओ महादेव रिशी नागन खों और देखो भूत
श्री कृष्ण जू के शरीर देखात रात सदा अभिभूत ।। १५ ।।

अर्थ- अर्जुन बोले हे देव! तुम्हारी देह में सब देवों को कमलासीन ब्रम्हा जी को महादेव और सम्पूर्ण ऋषियों तथा सर्पों को मैं देखता हूँ।

विलात मों आँखें हाँथ औ रूप अनंत देख लै जान
श्री कृष्ण जू मोय न देखा रौ ईमें आदि अंत को मान ।। १६ ।।

अर्थ- हे सम्पूर्ण विश्व के स्वामी तुम्हारे अनेक हाथ, अनेक पेट, अनेक मुख और अनेक नेत्र हैं, तथा चारों ओर से अनंत रूप वाला मैं तुमको देखता हूँ।

मुकुट गदा ओ चक्र को लै तेज उजियारो चमकत
कोउ देख न पात जो ऐसो रूप चक्रधर दमकत ।। १७ ।।

अर्थ- हे विश्वमय! मैं तुम्हारे मुकुट, गदा, चक्र और चारों ओर के प्रकाश पुंज को देख रहा हूँ, अग्नि और सूर्य जैसे चमकते अपरंपार को देख रहा हूँ।

परमात्मा हो योगेश्वर तुम सवरो संसार आसरे तुमाये
तुम आनादि सनातन, अव्यय धर्म रक्षक पने हमाये ।। १८ ।।

अर्थ- मेरी समझ से ही माधव तुम ही ब्रम्ह जानने की वस्तु विश्व का आधार सनातन धर्म के रक्षक और पुराण पुरुषोत्तम हो।

विलात हाँथ ओ वीर जगत के जीको आदि मध्य ना अंत
सूरज चंदा आँखें मो है आग शरीर खों जो जीवंत ।। १९ ।।

अर्थ- मैं आपको आदि अंत से रहित सर्वत्र अनंत भुजाये चंद्र सूर्य नेत्र और सुंदर चमकते हुए मुख की जिससे संसार संतप्त है देख रहा हूँ।

आकाश और धरती के बीच में सवई दिशन में व्याप्त रहत
ऐसो अद्भुद उग्र बड़ो रूप देख के हृदय जो व्यथित रहत ।। २० ।।

अर्थ- हे महात्मन! पृथ्वी आकाश के मध्य का भाग व सम्पूर्ण दिशाएं आप से ही व्याप्त हैं तथा आपके इस अलौकिक रूप को देखकर तीनों लोक व्यथित हैं।

कद्दू देवता तुममें हैं ओ कछू डरन से जोरें हाथ
भजन स्त्रोत चालीसा सवई कहूँ मुति गावें साथ ।। २१ ।।

अर्थ- कई देवताओं के स्वरूप आपके विराट रूप में प्रवेश कर रहे हैं, कई डरकार हाथ जोड़कर खड़े हैं। महर्षियों और सिद्धों का कल्याण हो यह कहकर श्लोकों द्वारा आपकी स्तुति कर रहे हैं।

रुद्र वसु आदित्य अश्विनी साध्य सिद्ध ओ देव मारुत
पुरखा यक्ष गंधर्व सबै देखत सव हो जावे विस्मित ।। २२ ।।

अर्थ- जो ग्यारह रुद्र, बारह आदित्य और आठ वसु विश्वदेव, अश्विनी कुमार मारुत गण, पितरों का समूह, गंधर्व, यक्ष, राक्षस वे सब निर्निमेश आपको देख रहे हैं।

रखें बिलात आँख मुख हाँथ पेट जांधे ओ सवरे अंग
ऐसो महारूप खों देखत हे योगेश्वर मैं रहत तुमाये संग ।। २३ ।।

अर्थ- हे महाबहो! आपके बहुत मुख बहुत नेत्रों वाले बहुत हाथ जांघ और पैरों वाले बहुत उदरों वाले बहुत सी दाढ़ी के कारण विकराल रूप व महान दर्शन करके सब व्याकुल हैं।

आसमान से ऊँचे पूरे रंग बिरंगे मों फैलावें
वडी बड़ी आँखे हाथन से कछु धीर न आवे ॥ २४ ॥

अर्थ- क्योंकि हे विष्णु! आकाश तक पहुँचा विशाल नेत्रयुक्त हाथों को फैलाए हुए और मुख को फैलाए हुए प्रकाश युक्त आपके रूप को देखकर भयभीत होने वाला इतनी शक्ति नहीं पाता।

बड़ो मों जो जल तई लग रौ आँखें वड़ी वड़ी सी
किते जायें जो पतो न मोकों मो पे कृपा करौ जी ॥ २५ ॥

अर्थ- दाढ़ों के कारण विकराल और प्रलय के समान प्रज्वलित आपके नेत्रों को देखकर मैं दिशाओं को नहीं जानता और सुख भी नहीं पाता हूँ अतः हे दिनेश हे जगतनिवास आप प्रसन्न हों।

भीष्म पितामह द्रोण और धृतराष्ट्र के सवरे बेटा
सब देखात कान्हा के मो में ऐसी कैसी सेना ॥ २६ ॥

अर्थ- सभी धृतराष्ट्र के पुत्र अपने समूह में आप के अंदर प्रवेश कर रहे हैं और भीष्म पितामह द्रोणाचार्य और कर्ण सब आपके मुख में प्रवेश कर रहे हैं।

इते वड्डे मों के भीतर दाँतन तरे दवे जानौ
कटे फटे से अंग उनई के ऐसे सांसी दिखे मानौ ॥ २७ ॥

अर्थ- हमारे पक्ष के सभी प्रमुख योद्धाओं सहित आपके दाढ़ों में विकराल रूप में भयानक मुख में बड़े वेग से प्रवेश कर रहे हैं। कई चकनाचूर होकर आपके दांतों के बीच में फंसे हैं।

सबरी नदियां समुद्र में जातई तेज उफनती कृष्णा
ऊसई मरवे तुमाये मों में जा रये सवरे कौरव ना ॥ २८ ॥

अर्थ- जैसे नदियों की अनेक जल धाराएं समुद्र की ओर दौड़ती है वैसे ही नरलोक के वीर भी आपके अंदर प्रवेश कर रहे हैं।

जैसे दिया वाती के लेंगर कीट पतंगे आत
वेसई जो जीवन देखो जे जीव कृष्ण में मो खों जात ॥ २९ ॥

अर्थ- जैसे आग में पतंगा गिरता है और मोह के कारण नष्ट हो जाता है वैसे ही मोह के कारण ये सब नष्ट होने के लिए आपके मुख में प्रवेश कर रहे हैं।

सव लोकन को अपने तेज आग के मुख से जला रहे
हे कान्हा तुम सवरी दुनियाँ खों ऐसे का बता रहे ॥ ३० ॥

अर्थ- हे विष्णों ! आप जलते हुए मुख में वीरों को निगलकर जीभ से चाट रहे हैं आपकी तीक्ष्ण प्रभाएं सम्पूर्ण जगत को तपा रही है।

कौन आव तुम कैसों रूप है तुमई कैसों करो विस्तार
ईश्वर की का लीला है जा सब सुनाव तुम कर विस्तार ॥ ३१ ॥

अर्थ- हे देवधर! ये भयानक रूपधारी कौन है? आपको नमस्कार है आप प्रसन्न होइए हे आदि पुरुष आपको जानने की इच्छा मैं रखता हूँ।

कृष्ण उवाच

लोक को विनाश करूँ मैं लोक को विनाश है
अर्जुन तोरे शत्रु ना बच है कर ले तू विश्वास है ॥ ३२ ॥

अर्थ- भगवान बोले, मैं लोकों का नाश करने वाला उग्रकाल हूँ, इन सबका संहार करने आया हूँ, तुम्हारे युद्ध ना करने पर भी ये सब जीवित नहीं रहेंगे।

ठाड़ों हो जा शत्रु जीत के यश पा राजन के सुख भोग
जिनको हमने पैलाँ से मारो तें तो एक साधन से जोग ॥ ३३ ॥

अर्थ- अतः उठो शत्रुओं का नाश करो और धन धान्य से सम्पन्न राज्य को भोगों ये तो सब पहले से ही मरे हुए हैं हे तू तो केवल निमित्त मात्र बन।

भीष्म जयद्रथ द्रोण कर्ण सबखों मार मार अर्जुन
दुख ना कर तें जीत लड़ाई उठकें युद्ध करौ पार्थ जू ॥ ३४ ॥

अर्थ- मेरे मारे हुए द्रोण, भीष्म, जयद्रथ और कर्ण और बहुत से योद्धा हैं जिन्हे तू मार घबरा मत युद्ध कर तू वैरियों को जीतेगा।

संजय उवाच

श्रीकृष्ण कें वचनन खों सुन कपन लगे ओ जोरे हाथ
नमस्कार कर कान्हा जू से फिरबोले अर्जुन सुन नाथ ॥ ३५ ॥

अर्थ- संजय बोले- केशव के इस प्रकार के वचनों को सुनकर अर्जुन कांपने लगे नमस्कार

करके भयभीत होकर भगवान के प्रति गदगद वाणी बोले।

अर्जुन उवाच

सुनो कृष्ण जू तुमाये कीर्तन से सव खुश हो रये जान
सिद्ध सवई तुमने करलौ जे राक्षस भगत दिखा रै मान ॥ ३६ ॥

अर्थ- अर्जुन बोले हे अंतर्यामी! आपके गुणगान करने से सम्पूर्ण संसार प्रसन्न हो रहा है राक्षस डरकर दिशाओं की ओर भागते हैं और सिद्ध आपको नमस्कार कर रहे हैं।

ऐसी नोनी छवि ब्रम्हा ने रच दई काय न शत्रु डरायें
हे कृष्णा तुम देव जगत के सनत ओ असत से परे जायें ॥ ३७ ॥

अर्थ- हे महात्मन! हे अनंत! हे देवाधिदेव! आप ब्रम्हा से श्रेष्ठ हो आपको तभी तो देवता नमस्कार करते हैं आप व्यक्त और अव्यक्त हो।

आदि देव विश्वदेव ओं परम पुराण मांस हो आप
सवरी विद्ययन के तुम स्वामी ऊसई तुमाओ रूप अपार ॥ ३८ ॥

अर्थ- हे आदिदेव! आप सनातन पुरुष हो आप विश्व के आश्रय हो जानने योग्य और जानने वाले हो आपसे सारा जगत व्याप्त है।

अरुण वरुण यम अग्नि चंद्र ओ सवरो हो बुजुर्ग ज्ञाता
सौ सौ बेर नमन आपखों सुन लो मोरे परमात्मा ॥ ३९ ॥

अर्थ- आप वायु यम अग्नि वरुण चन्द्र ब्रम्हा और ब्रम्हा जी के भी पिता हो आपको नमस्कार है।

आगे पीछे से सवई तरफ से नमन तुम्हें हैं सर्वस्वरूप
वीर विक्रमा हो वलशाली सव में वसत तुमाओं रूप ॥ ४० ॥

अर्थ- हे अनंत! वीर्यवान तथा अतुल पराक्रमी और जगत में व्याप्त हो और सर्वस्वरूप हो।

दोस्त मान के हंसी खुशी सें प्रेम में कृष्ण जू हे यादव सखा
कबऊ कछू गलती से वोलो क्षमा करौ जा मोरी व्यथा ॥ ४१ ॥

अर्थ- तुम्हारी महिमा को जानकार मैंने तुम्हें अपना मित्र मानकर हे सखा जो तिरस्कार से

कहा सो प्रेम से हे विश्वरूप तुमसे क्षमा माँगता हूँ।

कवऊ खेलवे सोवे जगवे और घूमवे में जो कहो
कैसऊ जो अपमान मे ओ प्रभु क्षमा करो सब कछू कहो ।। ४२ ।।

अर्थ- जो कि परिहास बिहार बैठने और भोजन करने में तुम्हारा जो मित्रों के साथ अपमान किया उसके लिए क्षमा माँगता हूँ।

तुम हो पालक गुरु और पुजेर ई धरती के स्वामी
ई त्रिलोक में कोउ आपसें वढ़के नईयाँ अंतर्यामी ।। ४३ ।।

अर्थ- आप इस जगत हे पिता और सर्वश्रेष्ठ गुरु हो, त्रिलोक में तुम्हारे समान कोई नहीं है, तुमसे अधिक अतुल प्रभाव और कहाँ होगा।

पैंडें भर भर तुम्हें मनाऊँ हम पे रहो सदा खुश नाथ
जैसे वाप करत वेटा पे दोस्त दोस्त ओ प्रिय प्रिया साथ ।। ४४ ।।

अर्थ- अतः हे प्रभु मैं इस शरीर को आपके चरणों में समर्पित कर प्रणाम करके आपको प्रसन्न करने के लिए स्तुति और प्रार्थना करता हूँ। हे प्रभु पिता पुत्र के और पति पत्नी के जैसे अपराध सहन करता है वैसे आप मेरे कर लीजिए।

जो मैने देखो नइयाँ ऊसे खुश ओ डर रौ मैं
दर्शन मोखों देव कृष्ण जू हम चरणन पे परे रहै ।। ४५ ।।

अर्थ- हे प्रभु मैं पहले न देखा हुआ आपका यह रूप देखकर हर्षित हूँ मेरा मन डर रहा है। इसलिए आप अपने चतुर्भुज रूप को ही दिखाइए हे देव प्रसन्न होइए।

मुकुट गदा ओ चक्र चार हाँथन में ले कें प्रकटो जू
हे विश्वमूर्त सहस्त्र वाहू हमें दर्शन दो कान्हा जू ।। ४६ ।।

अर्थ- हे देव मैं आपको शंख, चक्र, और गदा में देखना चाहता हूँ अतः हे सहस्त्रबाहो विश्वरूप आप उसी रूप में दर्शन दें।

श्रीकृष्ण उवाच

आत्म योग से ऐसो विराट जो रूप तुमईं खों दिखा दौ
पैला कवऊ कोउ ने ऐसो रूप न देखो बता दौ ।। ४७ ।।

अर्थ- भगवान बोले हे अर्जुन! मैंने अपनी योग शक्ति से अपना तेजोमय विराट रूप तुम्हें दिखाया जिसे तुम्हारे अलावा किसी ने पहले नहीं देखा था।

न वेद न धर्म न जज्ञ न दान न तप केसऊ कोउ मोय ध्यावे
ओय मिलै न जो रूप पार्थ हम तुमखों आज बतारै ।। ४८ ।।

अर्थ- हे अर्जुन! इस लोक में तुम्हारे सिवा कोई वेदों के अध्ययन दान यज्ञ और घोर तपस्या करके भी मेरा यह रूप नहीं देख सकता।

ऐसो भयावह रूप देख कें तुम्हें डराने नईयां
चारभुजा को रूप देख लो भय जो खाने नईया ।। ४९ ।।

अर्थ- मेरा यह भयानक रूप देखकर तुम व्याकुल मत हो और मूढ़ मत बनो तुम भय रहित होकर मेरा यह चतुर्भुज रूप देखो।

संजय उवाच

ऐसी कात श्रीकृष्णा ने पैलाको जो रूप धरो
सांसो सांसो सुन्दर रूप लगत तो अब धीरज धर गौ ।। ५० ।।

अर्थ- संजय बोले- वासुदेव भगवान ने अर्जुन के प्रति इस प्रकार कहकर वैसा ही चतुर्भुज रूप दिखाया फिर भगवान श्री कृष्ण ने सुंदर रूप से अर्जुन को धैर्य धारण कराया।

अर्जुन उवाच

एसो नोनो रूप देख कें हमें धीरज सो आ गौ
ऐसे दर्शन पाके मन में शीतलता अपना गौ ।। ५१ ।।

अर्थ- अर्जुन बोले- हे जनार्दन! आपके इस सुंदर मनुष्य रूप को देखकर मैं स्थिर हो गया हूँ और मैं पुनः अपनी पूर्व स्थिति में आ गया हूँ।

श्रीकृष्ण उवाच

जोन रूप तुमने देखो जो कोउये मिलत नईया
देव देवता इये देखवे करत जुगत जे भइया ।। ५२ ।।

अर्थ- भगवान बोले- हे अर्जुन! मेरा जो चतुर्भुज रूप तुमने देखा है उसके दर्शन दुर्लभ हैं। देवता भी इस रूप के दर्शन की इच्छा रखते हैं।

न वेदन से न तप दान जज्ञ से कछू होत नइयाँ
मोरे दर्शन तुमने कर लै जो जे कोउये मिलत नइयाँ ।। ५३ ।।

अर्थ- हे अर्जुन! जैसा मेरा रूप तुमने देखा है वैसा ना तो मैं वेदों से ना तप से ना दान से ना ही यज्ञ से देखा जा सकता हूँ।

भक्ति बिलात करें जे मांस उनइ खों जे रूप देखवे मिलत
ऐइकी प्राप्ति के लाने मोय ध्यान सें भजले पार्थ मैं कत ।। ५४ ।।

अर्थ- हे परंतय ! मेरा यह रूप मनुष्य अनन्य भक्ति द्वारा ही जान सकता है और तत्व ज्ञान द्वारा इसमें लीन हो सकता है।

न माया न मोह न काम वस जो भक्ति करत मेरी
कोनऊ वीर भक्ति रखत जो अर्जुन मोय लगत प्यारी ।। ५५ ।।

अर्थ- हे अर्जुन! जो मनुष्य मेरी गति के लिए यज्ञ करते हैं। मुझे सर्वोत्तम मानकर सांसारिक संसर्गों से विरक्त हो जाते हैं जो सबसे वैर त्याग देते हैं। वे ही मुझे प्राप्त कर सकते हैं।

* * *

अध्याय १२

(भक्ति योग)

अर्जुन उवाच

भक्ति करे साकार तुमाई पूजा करत रहत भजन
के फिर निराकार खों मानत रहै दोइ में कौन सफल? ॥ ०१ ॥

अर्थ- अर्जुन ने पूछा जो भक्त योग युक्त होकर आपकी उपासना करते हैं और जो परब्रम्ह को भजते हैं उनमें कौन श्रेष्ठ हैं?

श्रीकृष्ण उवाच

तन मन से एकाग्र भाव से जो कोउ ध्यावे मोय सुनौ
मोय भजत वे रहत सदा वेऊ योगी जा पार्थ गुनौ ॥ ०२ ॥

अर्थ- भगवान बोले जो मुझमें मन लगाकर मुझे श्रद्धा सहित भजते हैं वे श्रेष्ठ हैं।

इंद्रियन खो वस में करकें सवकों अच्छों मानत जो
सवखों एक सो देखत ईश्वर खों जो जपत है वो ॥ ०३ ॥

अर्थ- परंतु जो इंद्रियों का संयम करके मन बुद्धि से परे एक रस रहने वाले सर्वव्याप्ति और अकथनीय स्वरूप हैं।

ध्रुव अचल एक रस सबमें व्याप्त न कछू के सकत
निराकार की भक्ति करत वे तोउ पाय वे मोय भजत ॥ ०४ ॥

अर्थ- निर्विकार, अचल, ध्रव व कभी नष्ट ना होने वाले(अक्षर) का भजन करते हैं वे मुझे प्राप्त होते हैं।

ब्रम्ह ईश्वर को जो रस्ता भोतई कष्टन से भरौ भओ
नर के तन में इने जो पाले जो रास्ता है कठिन सुनौ ॥ ०५ ॥

अर्थ- अव्यक्त में जिनका मन आसक्त रहता हैं वे अधिक कष्ट पाते हैं। नर तन में ईश्वर प्राप्ति कठिन है।

सबरे कर्म हमें देकें ओ मोखों पावे फिरत जो मांस
वेउ ध्यान ओ योग सें मेरी भक्ति करत जा सांसी जान ॥ ०६ ॥

अर्थ- हे पार्थ! जो व्यक्ति अपने सब कर्मों को मुझमें अर्पण कर मेरी शरण आते हैं और मुझे पूजते हैं।

जो मोमे ध्यान लगाउत उनखों सुनौ पार्थ जू
मैं उनको उद्धार करत जन्म मरन के काटत बंधन जू ॥ ०७ ॥

अर्थ- जो मुझमें ध्यान लगाता है उन शरणागत भक्तों का मैं मृत्यु रूपी संसार सागर से उद्धार कर देता हूँ।

एइसे कातें मोमें ध्यान लगा अर्जुन प्यारो
मोय तें पाले सांसी ईमे नइयाँ कछू संदेह न्यारो ॥ ०८ ॥

अर्थ- हे पार्थ! मुझमें मन और बुद्धि लगाओ तब तुम मेरे अंदर ही निवास करोगे, इसमें संदेह नहीं।

अगर तोय जो संसय लग रौ मोय न पावे तें जानौ
योग करत रौ रोजीना तुम तव हमें पाव सही मानौ ॥ ०९ ॥

अर्थ- यदि तुम मन में मुझे स्थापित करने में समर्थ नहीं हो तो अभ्यास योग से मुझे प्राप्त करो।

इमें असमर्थ लगत तोय तो तें करत रहत सब कर्म
मोय सवई करमन खो दै दे सिद्धि पा जे तें कर धर्म ॥ १० ॥

अर्थ- और यदि तू इन कर्मों में भी उपयुक्त नहीं है तो केवल मेरे लिए ही कर्म कर तब मेरी सिद्धि को प्राप्त होगा।

इतेकऊ कर सकत अगर तें तो मेरे आश्रित हो जा मान
जीत तुमई की होने है तें करमन के फल को सव त्याग ॥ ११ ॥

अर्थ- और यदि ऐसा भी ना कर सको तो मन को एकाग्र कर मेरी शरण में आ जाओ फल को त्याग दो। यही श्रेष्ठ है।

अभ्यास से अच्छो ज्ञान और ज्ञान से नोनो ध्यान सदा
फल की इच्छा तोय न करने शांति वना लो पार्थ सदा ।। १२ ।।

अर्थ- अभ्यास से ज्ञान श्रेष्ठ है ज्ञान से ध्यान और ध्यान से कर्मों का फल त्याग श्रेष्ठ है क्योंकि त्याग से शांति मिलती है।

जीमें राग द्वेष नइयाँ ओ न घमंड न माया आय
सुख दुख लगें जिये एकई से क्षमाशील मैत्री सव भाय ।। १३ ।।

अर्थ- जो द्वेष रहित है स्वार्थ रहित और सबका हितैषी है जिसमें अहं व माया नहीं है सुख दुःख की प्राप्ति में सम व क्षमाशील है।

जो नोनो सो जोगी है ओ निश्चय करत सतत योगी
वेउ हमें प्रानन से प्यारो मन ओ बुद्धि लगा ऊकी ।। १४ ।।

अर्थ- संतोषी, स्थिरचित्त, जितेंद्रिय दृढ निश्चयी और जो मुझमें अपना मन और बुद्धि लगाए हो ऐसा भक्त मुझको प्रिय है।

न कोनऊ से चेंटत जो ओ न चेंटत वो नाय मांय
वेउ मांस मोय प्यारो जो रत सव वातन से अलगांय ।। १५ ।।

अर्थ- जिससे न किसी को भय है और न उसको किसी से भय है ऐसा जो हर्ष, ईर्ष्या दुष्टों के भय और विषाद से परे है वह भक्त मेरा प्रिय है।

सवई कछू से तोड़ के मोह माया जो जानत
वेउ मांस मोय प्यारे मै उनखों ही भक्त मानत ।। १६ ।।

अर्थ- जो मिले उसमें संतोष करने वाला अंदर बाहर से पवित्र दुःख रहित फल की इच्छा ना करके कर्म करने वाला मुझे प्रिय है।

कछू दुख न सुख न माया, मोह चलावे मन जितऊँ
सवरे भ्रम को त्याग भार दे ओइ को मन न चलत कितऊँ ।। १७ ।।

अर्थ- जो न प्रसन्न होता है और न दुःखी होता है न फल की इच्छा करता है जो शुभ अशुभ सबको त्याग देता है। वह मनुष्य मुझे प्रिय है।

मान अपमान दोस्त ओ दुश्मन खों जो देखत एक समान
वे तो मांस मोय भोत प्यारे सांसी जा जुगाड़ तें जान ॥ १८ ॥

अर्थ- जो शत्रु मित्र मान अपमान गर्मी सर्दी सुख दुःख सब में समान रहता है और वासना से रहित है वो मुझे बहुत प्यारा है।

जो जीवन से सनत रात ओ भक्ति भाव से भजत सदा
वेउ मांस मोय प्यारो अर्जुन ऊके दिल में रहत सदा ॥ १९ ॥

अर्थ- जो निंदाओं को स्तुति के समान जाने यानि कि दोनों को बराबर समझे और हर परिस्थिति में संतुष्ट रहता है और आसक्ति से रहित है वह भक्ति युक्त पुरुष मुझे प्रिय है।

जो भक्ति से ऐसई करत एई धर्म को पालन
सबसे प्यारे मोय भक्त वे उनको मैं प्रति पालक ॥ २० ॥

अर्थ- परन्तु जो मुझमें श्रद्धा करके मुझे मानकर इस कल्याण कारी अमृत रूपी धर्म का आचरण मेरे उपदेश के अनुसार करते हैं वे मुझे अत्यंत प्रिय हैं।

* * *

अध्याय १३

(क्षेत्र क्षेत्रज्ञ विभाग योग)

श्रीकृष्ण उवाच

सुनौं पार्थ जा काया क्षेत्र और ई को ज्ञाता क्षेत्रज्ञ
ज्ञानी महागुनी ऐसी कत जो जाने वे सर्वज्ञ ।। ०१ ।।

अर्थ- श्री कृष्ण जी बोले, हे अर्जुन! शरीर क्षेत्र और जो इसे जानता है उसे क्षेत्रज्ञ कहते हैं उसके तत्व के जानने वाले ज्ञानीजन होते हैं।

हमें सवई क्षेत्रन को पार्थ तुम सर्वज्ञ जानौ
सवई खों होने चईए सवरो ज्ञान मानौ ।। ०२ ।।

अर्थ- हे अर्जुन! तू मुझे क्षेत्रज्ञ जान और जीवात्मा भी मान, क्षेत्र और क्षेत्रज्ञ का जो ज्ञान है वही सच्चा ज्ञान है मैं यह मानता हूँ।

कैसो जो है क्षेत्र और कैसे ई को आकार बनो
ईको कैसो होत प्रभाव सवई कछू तुम अव सुनौ।। ०३ ।।

अर्थ- यह क्षेत्र किस रूप का है इसमें क्या दोष है? उसकी उत्पत्ति किस प्रकार से हुई और क्षेत्रज्ञ का प्रभाव क्या है मैं कहता हूँ तुम सुनो।

ऋषिमुनी ने इये बता दौ वेदमंत्र ने गा दौ सार
ब्रम्ह सूत्र के पद में ईको वर्णन मिलत परे ना पार ।। ०४ ।।

अर्थ- अनेक ऋषियों ने कई प्रकार के छंद और वेद मंत्रों में भी इनका पृथक पृथक वर्णन किया है। और हेतु वाले ब्रम्ह सूत्र ने पदों में करके वर्णन किया है। लेकिन इसका पार नहीं पाया।

पाँच भूत घमंड बुद्धि और एक मन कहात
दस इंद्री पाँच ज्ञानेंद्री और माया मानी जात ।। ०५ ।।

अर्थ- पाँच महाभूत अहंकार, बुद्धि, अव्यक्त, दस इंद्रियों के मन तथा पाँच इंद्रियों के विषय शब्द, स्पर्श, रूप रस और गंध हैं।

सुख दुख इच्छा द्वेष सबई ई देह कें हैं चेतन प्रान
इन सवई आकारन से जो क्षेत्र वनत हे अर्जुन मान ।। ०६ ।।

अर्थ- तथा इच्छा, द्वेष, सुख, दुःख, संघात, चेतना, धृति, इनके समूह संक्षेप में क्षेत्र और क्षेत्रज्ञ के यही विकार है।

मन वानी में सरल, जिये तनक घमंड कितऊँ न होत
गुरु की सेवा, शुद्ध हृदय, क्षमा, अहिंसा जी में होत ।। ०७ ।।

अर्थ- पाखंड से रहित अहिंसा, सहनशीलता, सरलता, गुरु की सेवा, पवित्रता, अपने मन का संयम, इंद्रियों के विषयों से विरक्ति हो।

विषय वासना जो ना जानै न जानै वो कवऊँ अहं
जन्म मृत्यु ओ रोग व्याधि को जो करत रात है स्मरण ।। ०८ ।।

अर्थ- इस लोक और परलोक सम्पूर्ण भोगों में आसक्ति का आभाव और अहंकार न होना, जन्म मृत्यु बुढ़ापा दुखादि दोषों को देखना।

मोड़ी मोड़ा घर वारी में जिये तनक ममता नइयाँ
नोनो बुरओ सवई में जो एकई सो रत है भइया ।। ०९ ।।

अर्थ- पुत्र, स्त्री, गृह, धनादि में आसक्ति न करना, ममता, मोह न होना और प्रिय अप्रिय की प्राप्ति में सदा मन का सम रहना

ध्यान योग ओ व्यभिचार से मुक्त मेरी भक्ति करो जैसी
एकांत वास ओ कोउ से कछू संपर्क न करौ भक्ति ऐसी ।। १० ।।

अर्थ- मुझ परमेश्वर में अन्य योग के द्वारा मेरी अनन्य भक्ति एकांत में रहना जनसमूह में रहने से विराग करना आदि।

पूजा ईश्वर में जो रमो रात वेउ तत्व ज्ञानी
जेउ ज्ञान अज्ञान बुरौ है ऐसो कत है मुनि ज्ञानी ।। ११ ।।

अर्थ- आध्यात्म ज्ञान में मुझे ही देखना, यह सब ज्ञान है, जो इससे परे जाता है वह अज्ञान है मुनि और ज्ञानी ने कहा है।

पार्थ सुनौ जो समझे जानै ओइ से आनंद मिलत
बेउ परम ईश्वर है मानौ न सांसों न झूठो सुनत ।। १२ ।।

अर्थ- अब जो जानने योग्य है या जिसे जानकार व्यक्ति परमानन्द को प्राप्त होता है उसे भली भांति कहता हूँ, वह अनादि परब्रम्ह ना तो सत है और ना असत ही है।

चारऊ तरफा हाथ नाक और पांव मुडी उनकी जानौ
सबमें व्यापो रहत बेउ सबमें स्थिर है मानौ ।। १३ ।।

अर्थ- सब ओर उसके हाथ और पैर हैं, सब ओर सिर व मुख है, सब ओर कान हैं क्योंकि वही जगत में सब ओर व्याप्त है।

सवरी इंद्रियन विषय खों जानत पर ऊमें वो रत नाईंयां
निर्गुण है पर सबको पालनहार जेउ गुण रत भइया ।। १४ ।।

अर्थ- वह सम्पूर्ण इंद्रिय विषयों को जानने वाला है पर वह इंद्रिय रहित है और सबका पालन पोषण करता है पर आसक्ति रहित है और निर्गुण होने पर भी गुणों को भोगने वाला है।

सबके भीतर बाहर अचर और चर जैसो रात सदा
छोटो सो अज्ञेय लेंगा है और दूर है नई पता ।। १५ ।।

अर्थ- वह सब प्राणियों के बाहर भीतर है फिर भी चर और अचर है। जो अत्यंत सूक्ष्म होने के कारण जाना नहीं जाता, जो दूर भी है और पास भी है।

अविभक्त और विभक्त सवै रूपन में रत है जो मानौ
जेउ परम आत्मा ओ सृष्टा जेउ बतात मिटात जानौ ।। १६ ।।

अर्थ- वह परमात्मा विभांग रहित है पर सब प्राणियों में विभक्त भी है। जो समस्त भूतों का पालन नाश और उत्पन्न करने वाला है वही ज्ञेय है और ज्ञान से जानने योग्य है।

एकई ज्योति सवई जैसी जा ईमे नइयाँ अंधयारौ
ज्ञानी ध्यानी परमात्मा जो सवके दिल में रत प्यारो ।। १७ ।।

अर्थ- वह परब्रम्ह ज्योतियों की भी ज्योति है वह माया के परे है वोधरूप में जानने योग्य और तत्व ज्ञान से प्राप्त करने योग्य है सबके ह्दय में वास करता है।

जेउ क्षेत्र को जेउ ज्ञान को जेउ ज्ञेय को जानौ
जो कोउ भक्त मोय जानत वे पार्थ मोय पाउत मानौ ॥ १८ ॥

अर्थ- इस प्रकार क्षेत्र ज्ञान और क्षेत्रज्ञ उनको संक्षेप में कहा मेरा भक्त तत्व से मुझे जानकार मेरे स्वरूप को प्राप्त होता है।

प्रकृति मांस जेउ दो अनादि कहात न्यारो
बुरे भले जैसे चाय प्रकृति से बनपात प्यारो ॥ १९ ॥

अर्थ- प्रकृति और पुरुष दोनों ही अनादि है। मेरा भक्त मेरे पद के योग्य होता है। विकारों और गुणों की उत्पत्ति भी प्रकृति से हुई है।

कार्य और कारण सबई प्रकृति से बनत सुनौ
मांस जीव आत्मा ईखों भोगवे बनत गुनौ ॥ २० ॥

अर्थ- कार्य और कारण को प्रकृति उत्पन्न करती है। पुरुष तो सुख और दुःख का भोक्ता है।

प्रकृति से मांस वनत ओ भोगत प्रकृति के सवरे गुण देख
जेउ गुण ईको नरक स्वर्ग के होत लगत फिर कारण लेख ॥ २१ ॥

अर्थ- प्रकृति में पुरुष रहता है और त्रिगुणात्मक पदार्थों को भोगता है। इन गुणों के कारण ही उसे अच्छी बुरी योनि मिलती है।

सवरे शरीर में आत्मा रत वो होत ईश्वर घांई
जेउ ईश्वर जेउ मांस जन जेउ सवो को जीवन नांई ॥ २२ ॥

अर्थ- इस देह में उसे (आत्मा को) उपदृष्टा, अनुमंता, भर्ता, भोक्ता, महेश्वर, परमात्मा और पर पुरुष कहते हैं।

जो जानत मनुष्य ओ प्रकृति खों सांसों
बेउ मांस नोने मानौ ई धरा पे जानौ ॥ २३ ॥

अर्थ- इस प्रकार पुरुष और गुणों के साथ प्रकृति को जो मनुष्य तत्व ज्ञान से जानता है। वह सब प्रकार के कर्म करता हुआ भी फिर जन्म को प्राप्त नहीं होता।

ईश्वर खों जो मन में देखत और करत रात वे ध्यान
कोनऊ ज्ञान कर्म योगन से ईश्वर को देखत है मान ॥ २४ ॥

अर्थ- उस परमात्मा को कितने ही मनुष्य तो शुद्ध बुद्धि से ध्यान में देखते हैं। हृदय में विद्यमान करते हैं। कोई कोई ज्ञान योग और कुछ कर्म योग से प्राप्त करते हैं।

जो कोउ कछू न जानत वो कर पवास औ पूजा
जीवन मृत्यु को छोड मोक्ष पा लेत वेउ भक्तन दूजा ॥ २५ ॥

अर्थ- परन्तु जो उतने बुद्धिमान नहीं हैं वे दूसरों के द्वारा सुनकर तत्व को जानने की चेष्ठा करते हैं। और उपासना करके संसार सागर से पार चले जाते हैं

दुनियाँ में जितेक यथावर जंगम होत तुम पार्थ सुनौ
क्षेत्र क्षेत्र की वातन सें वे कबऊ न विचलित होत गुनौ ॥ २६ ॥

अर्थ- हे अर्जुन! जितने स्थावर और जंगम प्राणी हैं सब क्षेत्र और क्षेत्रज्ञ के संयोग से होते है, वे विचलित नहीं होते।

नश्वर ई संसार में ईसुर खों जानें अविनाशी
ऐसो नोनो भाव वेउ देखत जो ईश्वर को पावे सांसी ॥ २७ ॥

अर्थ- ईश्वर सभी तत्वों या प्राणियों में है प्राणी का नाश होने पर भी वह जीव अमर रहता है इस भांति जो देखता है वही सत्य है।

जो मांस देखत सबमें ईश्वर कोउ अलग न मानै
वेउ जगत में मोक्ष खों पाले सबरो रहस्य जानै ॥ २८ ॥

अर्थ- क्योंकि जो प्राणी समभाव रूप से परमेश्वर की स्थिति को देखता है और स्वयं के द्वारा स्वयं को नष्ट नहीं करना चाहता वह परम गति को प्राप्त होता है।

रोजीना करम करत रौ ई शरीर से सोसत प्राणी
आत्मा कछु करम ना करती जानत वो सांसऊ ज्ञानी ॥ २९ ॥

अर्थ- जो प्राणी सम्पूर्ण कर्मों को प्रकृति द्वारा होते हुए ही देखता है और आत्मा को अकर्ता देखता है वही सत्य देखता है।

ईश्वर में सव भाव जो देखत चारों तरफ उये जानै
वेउ परमपाद पाकें ऊँचो मानव फिर वन जावै ।। ३० ।।

अर्थ- जब वह विभिन्न भूतों को परमेश्वर के द्वारा एकाकार होकर विस्तार होते देखता है उसी समय वह ब्रम्ह को प्राप्त हो जाता है।

जब देखत वो मांस ईश्वर सवई जगह व्यापो हे मान
तवई मोक्ष पद को वन जाउत बो इंसान सदा सुन जान ।। ३१ ।।

अर्थ- हे अर्जुन! अनादि और निर्गुण होने से परमात्मा शरीर में रहते हुए भी किसी से न कुछ करता है और न किसी में लिप्त होता है।

जैसो आसमान सब में है, पर कोनऊ के संग नही
ऊसई आत्मा सबमें रहत कोउ में कवऊ न होइए रिक्त ।। ३२ ।।

अर्थ- जिस प्रकार आकाश सर्वत्र व्याप्त है पर किसी से मिलता नहीं है उसी प्रकार शरीर में व्याप्त आत्मा उसमें लिप्त नहीं होती।

जैसे सूरज देत रोशनी सवरे जो संसार खों रात
ऊसई आत्मा देह खों करत पवित्र विचार ऐसो कात ।। ३३ ।।

अर्थ- हे कौन्तेय! जैसे एक सूर्य समस्त लोक को प्रकाशित करता है। उसी प्रकार एक आत्मा सम्पूर्ण शरीर को प्रकाशित करती है।

ऐसे क्षेत्र ओ क्षेत्रज्ञ खों जो मांस जानत ओं जानै
ज्ञान की आँखें जीमें होती वेउ महा मानव मानौ ।। ३४ ।।

अर्थ- जो लोग ज्ञान दृष्टि से क्षेत्र और क्षेत्रज्ञ का भेद तथा भूतों की प्रकृति देखकर मोक्ष का उपाय जान लेते हैं। वे परम पद को प्राप्त होते हैं।

* * *

अध्याय १४

(गुणत्रय विभाग योग)

श्रीकृष्ण उवाच

अर्जुन सुनौ ज्ञान जो ऐसो सव ज्ञानन में नोनो
एई ज्ञान से ऋषि मुनियन की सिद्धि भई जा मानौ ।। ०१ ।।

अर्थ- भगवान ने कहा फिर भी ज्ञानों में श्रेष्ठ ज्ञान तुमको बतलाता हूँ जिसके जानने से सारे मुनिजन परम सिद्धि(मोक्ष) को प्राप्त हुए हैं।

सुनौ पार्थ जो ऐइ ज्ञान के द्वारा जो मोखों पा जात
प्रलय काल में ना घबरात न वे जन्म दुवारा पात ।। ०२ ।।

अर्थ- इस ज्ञान की सहायता से मेरे स्वरूप को प्राप्त हुए लोग न तो सृष्टि के समय जन्मते हैं और न प्रलय काल में कष्ट पाते हैं।

सुनौ पार्थ जे ब्रम्ह रूप मेरी योनी से जन्मे
सवई जीव जन्तु ओ मांस आदि हमसें पनपे ।। ०३ ।।

अर्थ- हे अर्जुन! मेरी योनि परब्रम्ह है मैं उसमें गर्भ को रखता हूँ उस जड़ चेतन से सब भूतों की उत्पत्ति होती है।

जितेक मूर्ति जनी मांस जे इनकी माता धरती खों जान
परमपिता मैं सोउ कहाउत सव प्राणी मेरी हीमान ।। ०४ ।।

अर्थ- हे कौन्तेय! विभिन्न योनियों में जितने शरीरधारी उत्पन्न होते हैं उनकी माता प्रकृति और मैं बीज स्थापित करने वाला पिता हूँ।

तीनौ गुण प्रकृति से जन्मत सत रज तम गुण मानौ
मांसन खों जेउ बाँध लेत औ करत रात बंधन जानौ ।। ०५ ।।

अर्थ- हे महाबाहो! सतो, रजो और तमो गुण ये तीनों प्रकृति से उत्पन्न होते हैं। और जीवात्मा को बांध लेते हैं।

इन तीनों गुण में सवरो नोनों सत होत है अर्जुन
जेउ सुखी राखत औ ज्ञान देत सुनलो जू ॥ ०६ ॥

अर्थ- हे निष्पाप! उन तीनों में सतो गुण तो दोष रहित और प्रकाश करने वाला है और प्राणी को सुख और ज्ञान के साथ बांधता है।

रज गुण में जो करम करत होत जेउ सव देखो
करमन में बांधत माया में लिपड़ जात तुम लेखौ ॥ ०७ ॥

अर्थ- हे कौन्तेय! रजोगुण से आसक्ति और तृष्णा उत्पन्न होती है और वह प्राणी को कर्मों और उसके फल से बांधता है।

तुम खों जो अंधियारो कात वेउ है तमो मांसन में
एई से आलस नींद अलक्ष रहत है सब में जानौ रे ॥ ०८ ॥

अर्थ- हे अर्जुन! तमो गुण अज्ञान से उत्पन्न होता है यह प्राणी को मोह भ्रम आलस्य और निंद्रा से बांधता है।

सतगुण से सुख होत कर्म सव रजगुण सुनौ करात
तम गुण आलस लोभ बाँध के करत रात सव नास ॥ ०९ ॥

अर्थ- हे भारत! सत सुख उत्पन्न करता है रजो गुण कर्म में लगता है और तमो गुण तो ज्ञान को ढककर प्रमाद पैदा करता है और सब नष्ट कर देता है।

रजतम दवा सत जो बढ़गौ रज बढ़ सत दव जात
सतरज दोइ उनखों दबा देत तव सांसऊ तम दिस्तार ॥ १० ॥

अर्थ- हे अर्जुन! रजो और तमो गुण को दबाकर सतो गुण, सत और तमो गुण को दबाकर रजोगुण और सत और रजो गुण को दबाकर तमोगुण आगे बढ़ता है।

सव तरफऊँ से बढ़त ज्ञान औ उजयारे हो जात
तवई पार्थ जानौ तुम ई शरीर में सत जो आत ॥ ११ ॥

अर्थ- हे अर्जुन! जब शरीर में चेतना और इंद्रियों में चेतना जागृत होती है तब जानना चाहिए कि सतोगुण और बढ़ रहा है।

लोभ लालसा बढ़त करम करवे सूझत
विषय वासना बढ़त तवई रज समझत ।। १२ ।।

अर्थ- हे अर्जुन! रजोगुण के बढ़ने पर लोक कर्मों में अशान्ति और स्वार्थ बुद्धि उत्पन्न होती हैं।

तम बढ़ जात मोह ममता ओ गुण गंदे बढ़ जात
तवई तमोगुण की उत्पत्ति सुनौ पार्थ दरशात ।। १३ ।।

अर्थ- और हे पार्थ! तमो गुण बढ़ने पर इंद्रियों में अंधकार प्रमाद कर्तव्य कर्मों में अप्रकृति और मोहिनी चेष्ठाएँ बढ़ती हैं।

सतोगुणन में रात मांस जब निकरै ऊके प्राण
तवई उसे जो स्वर्ग मिलत वे सांसी बातें मान ।। १४ ।।

अर्थ- जब सतो गुणों के उदय में मृत्यु प्राप्त होती है तब मनुष्य ज्ञानियों के प्रकाशमय लोक में जाता है।

रजगुण बढ़त जवई जब निकरै मांसन के प्राण
गलत योनि में जात हे प्राणी चाहें करैं गुणगान ।। १५ ।।

अर्थ- रजो गुण के उदय में मरकर कर्मों में आसक्त मनुष्यों में जन्म लेता है और तमो गुण के उदय में मृत्यु को प्राप्त होने पर मूढ़योनी में जन्म पाता है।

सतगुण अच्छे फल को दाता सुनौ कुंती के लाल
रज़ो दुखन को कारण तम है अँधियारों ओ काल ।। १६ ।।

अर्थ- सात्विक कर्म का फल सात्विक राजसी कर्म का फल दुःख और तामसी कर्म का फल अज्ञान होता है।

सत्व ज्ञान खों देत रजो से लोभ बढ़त है
तम से मोह माया प्राणी में सदा रहत है ।। १७ ।।

अर्थ- सात्विक पुरुष को उत्तम राजसी को मध्य और तामसी को नीच गति प्राप्त होती है। सतो ज्ञान रजो लोभ और तमो में माया रहती है।

ऊंचे लोक में सतो गुणी जात रजो गुणी मध्यम मानौ
तमोगुणी को मिलत बुरई गत अर्जुन जा सांसी जानौ ॥ १८ ॥

अर्थ- सत्वगुण में स्थित पुरुष को स्वर्गादि उच्च लोकों की प्राप्ति होती है रजोगुण में स्थित को मनुष्य मृत्युलोक में मनुष्य की योनि में रहते हैं और तमोगुणी अधोगति अर्थात नरक में जाता है।

तीनों गुणन खों जो ना देखे सुनौ पार्थ जो सत्य विचार
गुणातीत वस ईश्वर जानत वेउ रहत मोमें आचार ॥ १९ ॥

अर्थ- जो तीन गुणों से परे आत्मा को पहचानता है वह मेरे रूप को प्राप्त होता है।

जवई मांस इन तीनों गुणन से हो जात है मुक्त
जन्म मृत्यु सब छूट जात है ईश्वर में हो जातो युक्त ॥ २० ॥

अर्थ- वह पुरुष तीनों गुणों सत्व, रज और तम को जीत लेता है वह जन्म मृत्यु और जरा से छूटकर मुझे अर्थात परमानन्द को प्राप्त होता है।

अर्जुन उवाच

त्रिगुणातीत मांस के लक्षन हमें वता दो हे नाथ
त्रिगुणातीत वनत नर कैसे हमें कछू ना आत ॥ २१ ॥

अर्थ- अर्जुन बोले हे ईश्वर! इन तीनों गुणों से विहीन पुरुष किन किन लक्षणों से युक्त होता है उसका व्यवंहार कैसा होता है? और किन उपायों से वह इन तीनों गुणों को त्यागता है।

श्रीकृष्ण उवाच

सतो रजो और तमो गुणन खों करौ भलौ ना मानै
वेउ होत है गुणतीन जो सांसी सांसी जानै ॥ २२ ॥

अर्थ- भगवान बोले हे पांडव पुत्र! जो सत्वगुण के प्रकाश और तमोगुण का मोह नहीं करता और न द्वेष और प्रेम करता है वह गुणातीत होता है।

उदासीन जो त्रिगुणों से कबऊँ न विचलित होत
गुणन खों कर्ता जान ओ जानत ईश्वर खों सब लेत ॥ २३ ॥

अर्थ- जो साक्षी के समान किसी गुण में विचलित नहीं होता और गुणों के कर्म होते रहते हैं

ऐसा समझता है और निश्चिंत रहकर ईश्वर पर विश्वास करता है।

सुख दुख माटी सोनों प्यारे और बुरे सब एक लगत
अच्छो बुरो सबई बो मानत एकई सो रहै जगत ।। २४ ।।

अर्थ- जो निरंतर सुख-दुःख, मिट्टी-पत्थर, सोना, प्रिय-अप्रिय, निंदा-स्तुति को समान मानता है।

सम्मान और अपमान एक से दुश्मन ओ दोस्त समान लगत
रात घमंड से दूर ओइ खों गुणातीत सब कान लगत ।। २५ ।।

अर्थ- जो मान अपमान तथा मित्र और शत्रु को समान मानता है और सब कार्यों में स्वयं कर्ता नहीं मानता वह पुरुष गुणातीत कहलाता है।

भक्ति भाव से बिना कपट कें जो पूजा कर लेत सुनौ
वेउ गुणातीत मांस कहात ब्रम्हा खों वेउ प्राप्त करौ ।। २६ ।।

अर्थ- जो पुरुष भक्तियोग के द्वारा मुझे लगातार जपता है वह इन तीनों गुणों से परे है और सच्चिदानंद को प्राप्त कर लेता है।

अविनासी और परब्रम्ह को मैं आश्रय वन आत
परम अनंत अव्यक्त सवई वे मोमे समा जात ।। २७ ।।

अर्थ- क्योंकि ब्रम्ह और विकार रहित मोक्ष का तथा सनातन धर्म और अखंड सुख का भंडार मैं ही हूँ।

* * *

अध्याय १५

(पुरुषोत्तम योग)

श्री कृष्ण उवाच

ऊपर जड़ें औ शाखा है नेचे ईके पत्ता वेद समान
संसारी जा पीपल पेड़ो वेद जानवे बारेन की मान ।। ०१ ।।

अर्थ- हे पार्थ! संसार पीपल के वृक्ष के समान है जिसका पुराण रूपी जड़ ऊपर है और चराचर शाखाएं नीचे हैं वेद इसके पत्ते हैं जो यह जानता है वही वेदज्ञ है।

कर्म होत हे विषय वासना जे बंधन के जड़को बल
चारऊँ तरफे फैले रात जे मांस लोक में व्यापत सब ।। ०२ ।।

अर्थ- इसकी शाखाएं फैली हुई है तीनों सत्व रज और तम इसकी नसें हैं शब्द रूपादि इसकी डालियाँ है कर्म रूप में प्रकट होने वाली इसकी जड़ नीचे मनुष्य लोक में गई है।

संसार वृक्ष को ऐसो रूप जीको ओर न छोर
ईकी वासना मोह घमंड वैरागीवन काटौ और ।। ०३ ।।

अर्थ- पर पीपल का यह रूप जिसका न आदि है न अंत है और संसारी प्राणी के ध्यान में नहीं आता तथापि इसकी अहं और वासना रूपी जड़ को वैराग्य रूप शस्त्र से काटकर मिटाया जा सकता है।

ईश्वर खों खोजो सवरें अब जो जाँगये न वापस आने
और ईश्वर से विस्तार करो ऊकी शरण में जाखो जाने ।। ०४ ।।

अर्थ- उस परमात्मा को खोजना चाहिए जहां से पुनः लौटकर नहीं आना पड़ता और यह विचार करना चाहिए कि जिसमें वह पुरातन प्रकृति उत्पन्न हुई है उसी आदि पुरुष की शरण में हूँ।

मान अपमान कछु न माने सुख दुख सब होय जिये समान
सब माया से मुक्त रात जे वेउ पात सांसऊ भगवान ।। ०५ ।।

अर्थ- अहंकार और मोह रहित संग को जीतने वाले आत्मज्ञानी सम्पूर्ण कामनाओं से विरक्त

सुख दुःख नामक द्वंद पदार्थों से मुक्त ऐसे ज्ञानी पुरुष शाश्वत पद को प्राप्त करते हैं।

जीखों पाकर मांस न वापस ई संसार में आत कबऊ
हमें आग सूरज न चंदा कवऊं रोशनी देत सुनौ ।। ०६ ।।

अर्थ- जिस परम पद को प्राप्त कर मनुष्य लौटकर नहीं आता जिसे सूर्य, चंदमा और अग्नि भी प्रकाशित नहीं कर सकती वहीं मेरा परम धाम है।

सबरे जीवन की आत्मा में मैं रात सदा सुन पार्थ
ऊको मन इन इंद्रियन से आकर्षित होत सुनौ तात ।। ०७ ।।

अर्थ- इस शरीर में आत्मा मेरा ही परम अंश है और वही इन इंद्रियों और मन को आकर्षित करता है।

देह त्याग के दूसरी देह में जात सुनौ जव प्राणी
जैसे हवा गंध खों लेकें चारऊँ दिशा वहत जानी ।। ०८ ।।

अर्थ- जैसे हवा फूल की सुगंध को दूसरी जगह ले जाती है वैसे ही शरीर धारण करने के बाद जब स्वामी उसका परित्याग करता है तब इंद्रियों और मन को साथ ले जाता है।

आँखें कान नाक जीभ ओ जा चमड़ी इंद्रिय जानौ
जेउ इंद्रियाँ विषय भोग को सेवन करती मानौ ।। ०९ ।।

अर्थ- जीवात्मा पांचों इंद्रियों श्रोत, चक्षु, त्वचा, रसना और घ्राण तथा मन का आश्रय लेकर जीव विषयों का भोग करता है।

त्रिगुण रूप खो जो ना जाने वे तो मूढ कहात
ज्ञान की आँखन से ज्ञानी खों सबई कछू दिख जात ।। १० ।।

अर्थ- इस शरीर से दूसरे शरीर में जाते अथवा एक ही देह में रहते समय इंद्रियों से विषय का उपभोग करते हुए इसको मूर्ख नहीं देख पाते ज्ञानी ही देखते हैं।

जोगी जो ज्ञानी हो जात वेउ जो सवरो जानत
अज्ञानी ओ मूढ़ नास्तिक जानत न कछू मानत ।। ११ ।।

अर्थ- यत्न करने से योगी इसे देख पाते हैं पर अज्ञानी यत्न करके भी इसे देख नहीं पाते

क्योंकि वे ना जानते हैं ना मानते हैं।

सूरज चंदा आग में जो प्रकाश दिख जात
वेउ तेज मेरो जानौ तुम अर्जुन मानौ बात ।। १२ ।।

अर्थ- जो प्रभा सूर्य चंद्रमा और अग्नि में है, हे पार्थ उसे मेरा ही तेज जानो।

मैं अपने उजियारे से धरती में करत सोम धारण
चन्द्ररसन से सवई दवाइअन खों मैं कर देत पूरण ।। १३ ।।

अर्थ- मैं पृथ्वी में प्रवेश कर अपने तेज से समस्त भूतों को धारण करता हूँ और रस युक्त चंद्रमा बनकर सब औषधियों का पोषण करता हूँ।

सब प्रकार के अन्न अग्नि वन सब में स्थित बने रात
उने पचावे में अपने प्राणन से खूबई लगे रात ।। १४ ।।

अर्थ- मैं ही जठराग्नि बनकर प्राण, अपान से संयुक्त होकर प्राणियों के भोजन को पचाता हूँ।

सब के हृदय में बसत रात मैं सबकी यादन में राखो
वेद ज्ञानी वेदज्ञ सबई में वेदन खों लिखवे वारो ।। १५ ।।

अर्थ- मैं सब प्राणियों के हृदय में स्थित हूँ मुझसे ही स्मृति ज्ञान होता है मैं ही वेदों में जानने योग्य हूँ और वेदों का कर्ता हूँ।

सुनो पार्थ जे मांस होत हैं दो प्रकार के प्राणी
नश्वर प्राणी होत आत्मा रात सदा जा अविनाशी ।। १६ ।।

अर्थ- इस संसार में नाशवान और अविनाशी दो प्रकार के स्वरूप हैं इनमें सब प्राणियों के शरीर नाशवान और आत्मा अविनाशी है।

दोउ भांति के मांसन से न्यारों परमात्मा जो होत
सवे पालवे वारो सबमै रात न कवऊँ नष्ट वो होत ।। १७ ।।

अर्थ- इन दोनों से उत्तम पुरुष वह कहा गया है जो तीनों लोकों में प्रवेश करके सबका भरण पोषण करता है वो परमेश्वर है।

सुनौ पार्थ मैं अविनाशी हूँ और न हूँ मिटवे वारो
एई से ई संसार में जानत मोय अविनाशी प्यारो ॥ १८ ॥

अर्थ- क्योंकि नाशवान जो क्षेत्र है मैं उससे दूर हूँ और अविनाशी जीवात्मा से भी परे हूँ इसीलिए लोक वेद में पुरुषोत्तम नाम से विख्यात हूँ।

जो कोउ मोय ज्ञान से जानत है परमात्मा
वेउ सच्चे सर्व भाव से भजन करत जै आत्मा ॥ १९ ॥

अर्थ- हे पार्थ! जो ज्ञानी पुरुष मुझे तत्वानुसार पुरुषोत्तम जानता है वह सर्वज्ञ पुरुष मुझे ही भजता है।

शास्त्रन की जा गूढ़ बात मैने बता दई तुम्हें अर्जुन प्यारे
एई खो सांसी जान बनौ तुम भोतई महान पार्थ न्यारे ॥ २० ॥

अर्थ- हे अर्जुन! इस प्रकार यह गोपनीय शास्त्र रहस्य पूर्ण है और मैंने इसे कहा है इसके तत्व को जानकार मनुष्य ज्ञानवान हो जाता है। तुम भी महान बनो।

* * *

अध्याय १६

(दैवसुर सम्पदिभाग योग)

श्री कृष्ण उवाच

निर्भय भीतर से शोधित मन इंद्रियन खों करने वश में
स्वाध्याय, जज्ञ, दान, तप जो होवे सरल मन में ॥ ०१ ॥

अर्थ- श्री कृष्ण जी बोले हे पार्थ! अभय शुद्ध सतोगुणी होना, ज्ञानयोग निष्ठा दान, इंद्रिय दमन यज्ञ करना

सांसी, अहिंसा, शांति, त्याग और दया भाव जी में होत
कबऊँ न करवे जो कोउ निंदा क्रोध ओ लालच कवऊँ न होत ॥ ०२ ॥

अर्थ- तप करना, सरल भाव, अहिंसा, सत्य, त्याग शांति चुगली ना करना लज्जा, कोमल भाव तृष्णा से बचना और चपलता का त्याग

तेज क्षमा शुद्धता ओ धीरज कवऊँ न लखो जो जानै
ईश्वर जेउ देत सम्पति ऐसे मांसन के लक्षण जे मानै ॥ ०३ ॥

अर्थ- तेज, क्षमा, घृति, पवित्रता, द्वेष रहित, अहं न करना, दैवी संपत्ति के सम्मुख जन्म लेने वालों को ये सब गुण मिलते हैं।

घमंड क्रोध कठोर जिउ ओ जिये वोलवो मीठो ना आय
वेउ राक्षस घांई होत हैं ऊखों जे लक्षण सव भाय ॥ ०४ ॥

अर्थ- हे पार्थ! दंभ, दर्प अभिमान, क्रोध कटु वचन और अज्ञान ये सब आसुरी संपत्ति के समान जन्म लेने वाले को प्राप्त होते हैं।

ईश्वर सें जो जुड़ों रात दिन मोक्ष ओई खों पाने
राक्षस घांई वनो ना कोऊ अर्जुन तुम से ईश्वर जाने ॥ ०५ ॥

अर्थ- दैवी संपदा से मुक्ति और आसुरी संपदा से बंधन होता है इसलीए हे अर्जुन तू शोक ना कर तू दैवी संपदा लेकर उत्पन्न हुआ है।

देव होत के राक्षस जानौ मृत्युलोक में दो अर्जुन
ईश्वर के गुण सबरे जानत राक्षस के मोसे तें सुन ।। ०६ ।।

अर्थ- हे अर्जुन! इस संसार में दो प्रकार का मानवीय संप्रदाय है एक देवताओं की प्रकृति वाला और दूसरा दानवों की प्रकृति वाला अब तू आसुरी प्रकृति वाले को सुन।

राक्षस अच्छो बुरौ न जाने न मानै वे कोउकी बात
कवऊँ शुद्ध सांसी न जानै जेउ लक्षन असुरन के रात ।। ०७ ।।

अर्थ- धर्म में निष्ठा और अधर्म में निवृति असुर लोग नहीं जानते उनमें ना शुचिता है और ना सत्य है।

राक्षस कात जगत है मिथ्या इते न कोउ ईश्वर रात
इते काम वासना करलो ओर कछू ईमें न कात ।। ०८ ।।

अर्थ- वे संसार को झूठ और निराधार बतलाते हैं। उनके अनुसार उत्पत्ति का कारण स्त्री पुरुष का काम है इसके अलावा और कुछ नहीं।

बुरे स्वभाव से आत्मा बुरई ओ बुद्धि चली जात देखौ
जो सबको अपमान करत वो जगत नाश खों उपजै लेखौ ।। ०९ ।।

अर्थ- इस झूठे ज्ञान को पाकर जिनका स्वभाव नष्ट हो गया है जो नीच कर्मों में प्रवृत्त हैं। जिनकी बुद्धि मंद है वे केवल संसार के नाश के लिए ही पैदा होते हैं।

दंभ घमंड मद में रत बुरै करम जीवन भर करत
भ्रष्ट आचरण करत रात संसार में फिरत ।। १० ।।

अर्थ- अहंकार, मद, दंभ आदि से युक्त मनुष्य किसी प्रकार भी पूरी न होने वाली आशाओं का प्राश्रय लेकर अज्ञान से झूठे सिद्धांत लेकर भ्रष्ट आचरण करते हुए संसार में विचरते हैं।

जो कोउ काम भोग खों मानें सबसे नोनो जीवन में
उनई खो धैरै चिंता मरवे के बाद रात सब मन में ।। ११ ।।

अर्थ- और वे मृत्यु के बाद भी रहने वाली चिंताओं से कामोपभोग ही सबकुछ है यह मानते हैं ।

आशा तृष्णा विषय वासना सब के जी में रात सुनौ
माया मोह सवई रत ऊमें वेउ बुरे में रात गुनौ ।। १२ ।।

अर्थ- अनेक आशा रूप पाशों में बंधे काम क्रोध में रत अन्याय से धन संचय की इच्छा करते हैं।

मैंने अब लों जो पालौ अव धन से सव सांसऊ पाले
बस ई धन में रोजऊ रोज वड़ो धन जुरत रात जाने ।। १३ ।।

अर्थ- वे सोचते हैं कि मैंने आज ये प्राप्त किया है। कल उसे पाऊँगा और यह धन भी मेरा है मैं इसे पाऊँगा।

ई दुश्मन खों मारो फिर उये मारने सोसत जो
पने खों ईश्वर जानत ओ माया सवरी लूटत वो ।। १४ ।।

अर्थ- वह शत्रु मेरे द्वारा मारा गया और दूसरे शत्रुओं को भी मैं ही मार डालूँगा मैं सब सिद्धियों से युक्त भगवान हूँ मैं ऐश्वर्य को भोगने वाला बलवान और सुखी हूँ।

मोरी माया सबसे वड्डी इते नहीं कोऊ धनवान
ई माया से धरम दान सव करौ जेउ आमोद समान ।। १५ ।।

अर्थ- मैं धनी हूँ, कुलीन हूँ और मेरे समान कोई नहीं है। मैं यश दान और आमोद प्रमोद करूँगा।

विषय वासना में फंस जात चित्त हो जात बुरौ मैलो
ऐसे मांस नरक में पोंचत जा सांसी अर्जुन सुन लो ।। १६ ।।

अर्थ- इस प्रकार अज्ञान से मोहित रहने वाले तथा भ्रमित चित्त वाले विषय भोगों वाले असुर लोग महान अपवित्र नरक में गिरते हैं।

अपने खों बड्डो जानै जो मूरख और घमंडी
जज्ञ करत पाखंड करत वे वेउ कहात पाखंडी ।। १७ ।।

अर्थ- वे घमंडी व्यक्ति अपने आपको श्रेष्ठ मानते हैं और शास्त्र विधान से रहित पाखंड का यज्ञ करते हैं।

जेउ घमंडी निन्दा ईर्ष्या क्रोध सबई रत उनमें
मोसे करत दुश्मनी जबकि मैं रत भीतर उनकें ।। १८ ।।

अर्थ- वे अहंकार, बल, घमंड, काम, क्रोध से लिप्त रहते है अपनी व औरों के शरीर मे स्थित मुझसे द्वेष रखते हैं।

ऐसे पापी द्वेष करत जो उनखों सो आज अर्जुन जानौ
असुर योनियन में डारत मैं उतई होत सौ जन्म मानौ ।। १९ ।।

अर्थ- इन द्वेषी पापी नराधमों को मैं बार बार आसुरी योनि में डालता हूँ और वे सौ बार जन्म लेते हैं।

जे मूरख के मूरख रे के असुर योनि में जात सवई
मोय न पाउत और सवई की गति हो जात बुरई ।। २० ।।

अर्थ- हे कौन्तेय! वे मूर्ख जन्मों में आसुरी योनि को पाते हैं और नीच योनि को पाकर घोर नरक में जाते हैं।

काम क्रोध ओ लोभ नरक के तीन होत दरवाजे
जेउ मिटा देत है जग में इनकों करो वंधेज साजे ।। २१ ।।

अर्थ- काम, क्रोध और लोभ ये तीनों नरक के दरवाजे हैं ये अधोगति में ले जाने वाले हैं। अतः इन तीनों को त्याग देना चाहिए।

जो कोउ इनमें ना बीधत इनसें रात है परवारो
वोउ आत्म ज्ञानी वनकें परम गति पावे वारो ।। २२ ।।

अर्थ- हे अर्जुन! इन तीनों नरक द्वारों को छोड़कर मनुष्य अपने कल्याण को सुकृत करता है। और मुझे प्राप्त करता है।

जो कोउ शास्त्र न मानें अपनी मन मर्जी को मानै
उये सिद्धि न मिलत न सुख न ऊखों परम गती जानै ।। २३ ।।

अर्थ- जो मनुष्य शास्त्रोक्त विधि को छोड़कर अपनी इच्छा अनुसार कर्म करता है वह ना तो सिद्धि को प्राप्त होता है और ना परमगति न सुख उसे मिलता है।

कछू करौ तो शास्त्रन खों जो ज्ञान होत ऊये पहचानो
शास्त्र विधान नियम तो जानौ सुनौ पार्थ सबकी मानो ।। २४ ।।

अर्थ- अतः कार्य व अकार्य इन दोनों को जानने के लिए शास्त्र ही प्रमाण है। ऐसा जानकर तू शास्त्रोक्त विधि से नियत कर्म करने योग्य है।

* * *

अध्याय १७

(श्रद्धात्रय विभाग योग)

अर्जुन उवाच

शास्त्र विधान जो जानत नइयाँ पर श्रद्धा ऊमें रत भोत
सत, रज, तम में ऊकी कैसी गति कान्हा जू होत? ॥ ०१ ॥

अर्थ- अर्जुन ने पूछा हे माधव! शास्त्र विधि को छोड़कर जो श्रद्धा के साथ पूजन करते हैं वे सात्विक राजसी या तामसी है उनकी गति कैसी होती है?

कृष्ण उवाच

सत रज तम से जैसी श्रद्धा होत प्यारे भारत सुनौ
निविधा से श्रद्धा स्वभाव उनकी बन जात जेइ गुनौ ॥ ०२ ॥

अर्थ- श्री कृष्ण जी बोले हे पार्थ! प्राणियों के स्वभाव से उनकी सात्विक, राजसी और तामसी ये तीन प्रकार की श्रद्धा होती है। इसे सुनो

पार्थ सुनौ सत से जा श्रद्धा होत अपार
ओइ से सत बढ़ जात सुनौ जो सत्य विचार ॥ ०३ ॥

अर्थ- हे अर्जुन! सभी मनुष्यों की श्रद्धा उनके अन्तःकरण के अनुसार होती है जो पुरुष श्रद्धावान है वह वहाँ भी वैसा ही रहता है।

सत्विक मांस ईश्वर खों पूजत, राजसी राक्षस पूजत है
तामसी भूत प्रेत खों पूजैं ईसे वे सब भूलत है ॥ ०४ ॥

अर्थ- सात्विक पुरुष ईश्वर को पूजते हैं राजसी यक्षों को और तामसी भूतों को पूजते हैं और भ्रमित होते हैं।

शास्त्रन के विधान न मानै जपै करै वे ऐसो तप
वे घमंड और काम क्रोध सें वने रात हैं सवरे ग्रस्त ॥ ०५ ॥

अर्थ- जो मनुष्य शास्त्र विधि से ना कहा गया उग्र तप करते हैं वे अहंकारी होते हैं उग्र होते हैं और विषयानुरागी होते हैं।

जो कोउ भूत पने तन खों करत रात है ध्वस्त
उन मांसन खों राक्षस जानौ वेऊ होत हैं परास्त ॥ ०६ ॥

अर्थ- वे उस मूर्खता से ना केवल अपने शरीर और आत्मा को कष्ट देते हैं बल्कि मुझे भी कष्ट पहुंचाते हैं। वे अज्ञानी और आसुरी स्वभाव वाले होते हैं।

खान पियन सोइ तीन भांति को होत सदा अर्जुन मोरे
जज्ञ दान तप सब ऐसई सुन तीन भांति को गुन प्यारे ॥ ०७ ॥

अर्थ- भोजन, यज्ञ, तप और दान तीन प्रकार का होता है वह तू मुझसे सुन।

खात पियत जो बुद्धि आयु वल सदा बढ़ावे जानौ
चिकने रसवारे पदार्थ जे सात्विक खावें सच मानौ ॥ ०८ ॥

अर्थ- आयु, सत्व, आरोग्य, बुद्धि और प्रीति को बढ़ाने वाले रस युक्त पोषक आहार करने वाले सात्विक पुरुष होते हैं।

नोन मिर्च ओ खट्टों करौ खान पियन जो होत
राजस गुण को वेउ पुसात रज ऐईसे होत ॥ ०९ ॥

अर्थ- कड़वे, खट्टे, नमकीन, दाहक, तीखे, चटपटे दुःख और चिंता को बढ़ाने वाले आहार राजसी लोग करते हैं।

वासी जूठो और बसात जी में रस ना होत नोनो
तामस मांस वेउ है खात उने लगत जो सोनो ॥ १० ॥

अर्थ- बासी, दुर्गंधयुक्त, अपवित्र, अधपका भोजन तामसी पुरुषों को पसंद आता है और वे उसे करते हैं।

जो कर्तव्य मान के जज्ञ दान सब करत विधान
फल की कवऊँ करै ना इच्छा वेउ जज्ञ सात्विक है जान ॥ ११ ॥

अर्थ- फल की इच्छा के बिना यह सोचना कि यज्ञ करना ही है वह यज्ञ सात्विक होता है।

कछू तमन्ना दिल में रक्खत जज्ञ करै फल काजे
राजस जज्ञ कहाउत वेउ राजा इये सम्भारे ।। १२ ।।

अर्थ- परन्तु हे पार्थ! फल की कामना से और दिखावे के लिए जो यज्ञ किए जाते हैं उसे राजसी यज्ञ मानो।

दान पुन्न के बिना पते को जज्ञ होत जो मानौ
न भक्ति न श्रद्धा जीमें वेउ तामस तुम जानौ ।। १३ ।।

अर्थ- शास्त्र की विधि से रहित अन्न दान रहित मंत्रहीन और बिना श्रद्धा के जो यज्ञ होता है वह तामसी यज्ञ कहा जाता है।

देव गुरु ओ पंडत पूजत शुद्ध ओ भोलो पन जीमे
ब्रह्मचर्य सब मिलकें माने जात शरीर के तप ईमें।। १४ ।।

अर्थ- देवता, ब्राह्मण, गुरु, ज्ञानी आदि का पूजन शुचिता, सरल और ब्रह्मचर्य इनका पालन करना शरीर का तप कहा जाता है।

औरन खों पुसात जो वाणी सांसी बोलत सुनलो
रोजऊ स्वध्याय करत अभ्यास करत वाणी तप गुनलो।। १५ ।।

अर्थ- जिस वाक्य से किसी का दिल ना दुखे, सत्यप्रिय हितकारी भाषण तथा वेद शास्त्रों के पठन एवं परमेश्वर नाम का जप अभ्यास वाणी सम्बंधी तप कहा जाता है।

नोने खुश मन से संयम से मौन भाव से जो मांस रात
वेउ कहात मानस तप सुन लो अर्जुन जे ईश्वर कात।। १६ ।।

अर्थ- मन की प्रसन्नता मन की शांति और ईश्वर का चिंतन आत्म निग्रह और निष्कपट होना मन सम्बंधी तप कहा जाता है।

जिये न फल की इच्छा और श्रद्धा से करत काम सवरो
तीनो तप सब कात एई खों जेउ सात्विक तप सबको।। १७ ।।

अर्थ- यह तीनों प्रकार का तप यदि फल की इच्छा ना करके किया जाए तो सात्विक तप कहलाता है।

मान सम्मान पावे की इच्छा से तप करत रात जो मांस
वेउ राजसी तप कहात सुन अर्जुन मेरे ऐसे दास।। १८ ।।

अर्थ- जो तप अपनी प्रतिष्ठा और बधाई के लिए किया जाता है दिखावा और पाखंड के लिए होता है वह राजसी तप कहलाता है।

औरन की वरवादी सोसे करत रात जो तप देखो
तामस ऊखों कात पार्थ तुम सासों ई में तो लेखौ ।। १९ ।।

अर्थ- जो तप दुराग्रह से दूसरों के नाश के लिए हठपूर्वक मन वाणी की पीड़ा सहित किया जाता है वह तप तामस तप कहलाता है।

देवे दान मान कर्तव्य ओ पात्रन खों सोउ जानै
वेउ सात्विक दान होत जो कछू फल कवऊ न मांगे।। २० ।।

अर्थ- हे अर्जुन! जो दान उत्तम भाव से देश काल की रक्षा हेतु दिया जाता है और बदले में कुछ लेने की इच्छा नहीं होती वह सात्विक दान कहलाता है।

फल पावे की इच्छा से जो दान देत है प्राणी
वेउ राजसी दान कहात सुनो मन क्रम ओ वाणी।। २१ ।।

अर्थ- किन्तु जो दान फल की इच्छा से क्लेश पूर्वक दिया जाता है उसे राजस दान कहते हैं।

दान तामसी वेउ होत जो पात्र खों ना दौ जात
आदेश काल में करे अवज्ञा वेउ दान कहात।। २२ ।।

अर्थ- जो दान बिना आदर के तिरस्कार पूर्वक कुपात्र को दिया जाता है वह दान तामस कहलाता है।

ॐ तत् सत ईश्वर खों सवरे कात अर्जुन सुनौ
बामुन वेद जज्ञ जे तीनों एई से सव बने गुनौ।। २३ ।।

अर्थ- ॐ तत् और सत् ये तीन ब्रम्ह के नाम है इन्हीं से बाद में सृष्टि के आदि काल, ब्राह्मण, यज्ञ और वेद बने हैं।

एइ से कात शास्त्र की विधि से जज्ञ दान तप करौ सवई
सवखों ॐ से शुरू करत सव पंडित ज्ञानी देख अवई।। २४ ।।

अर्थ- इसलिए वेद मंत्रों का उच्चारण करने वाले शास्त्रोक्त क्रियाएँ ॐकार उच्चारण के साथ करते हैं। मुमुक्षु जन फल की इच्छा ना करके सत् शब्द का उच्चारण यज्ञ, तप और दान में करते हैं।

तत् जो शब्द रात है ई में ओई से करत जज्ञ, तप, दान
फल पावें की कछू न मंसा उन पुरुषन में होत है जान।। २५ ।।

अर्थ- हे अर्जुन! तत् नाम से कहे जाने वाला ईश्वर का ही सबकुछ है इस भाव से फल की इच्छा ना रखने वाले नाना प्रकार के यज्ञ तप रूप क्रियाएं कल्याण की इच्छा वाले पुरुषों द्वारा की जाती हैं।

नोने भाव साधु भाव में सत को करत प्रयोग सवई
नोने नोने कर्म करौ तव सत की महिमा सुनौ सवई।। २६ ।।

अर्थ- सत् नाम परमात्मा के श्रेष्ठ भाव में लिखा जाता है हे पार्थ उत्तम कर्मों में भी श्रेष्ठ सत् शब्द का प्रयोग किया जाता है।

जज्ञ दान तप की स्थिति जा सवई सत कहात है पार्थ
दूसरन के लाजे करम करे उये सत मानत करौ विचार।। २७ ।।

अर्थ- यज्ञ दान तप में जो स्थिति है वह सत् कही जाती है ईश्वर हेतु किया हुआ कर्म ही सत् कहलाता है।

बिन श्रद्धा के कर्म जज्ञ तप दान जो होत सदा अर्जुन
असत उये कत वो न करत कोउ हित जो गुनलो तुम।। २८ ।।

अर्थ- हे पार्थ! बिना श्रद्धा का दान, हवन और तप तथा कोई भी शुभ कार्य असत्य है और वह ना इस लोक में ना परलोक में हितकारी है।

* * *

अध्याय १८

(मोक्ष सन्यास योग)

अर्जुन उवाच

किये सन्यास औ त्याग कात हैं कै दो मुरलीधर प्यारे
इनखों अलग अलग समझाइयो हे कान्हा तुम हो न्यारे।। ०१ ।।

अर्थ- अर्जुन ने पूछा हे महाबाहो, हे माधव हे मधुसूदन सन्यास और त्याग का तत्व अलग अलग जानने की इच्छा रखता हूँ।

श्रीकृष्ण उवाच

काम वासना जो छोड़त उये संन्यासी मानत
सवरे फल जो त्यागदेत है त्यागी ऊखो जानत।। ०२ ।।

अर्थ- भगवान बोले कामना वाले कर्मों के त्याग को ज्ञानी सन्यास मानते हैं और विवेकी पुरुष समस्त फलों के त्याग को ही त्याग कहते हैं।

कोउ कोउ विद्वान कात कर्मन में दोष उये त्यागो
जज्ञ दान तप खों न त्यागो कोउ कोउ कत है जे जानो।। ०३ ।।

अर्थ- कई विद्वान कर्म को दोषयुक्त जानते हैं और त्यागने योग्य समझते हैं। और कई विद्वान कहते हैं कि यज्ञ दान और कर्म यदि दोषयुक्त है तो त्यागने योग्य है, नहीं तो इन्हें नहीं त्यागना चाहिए।

अब ई त्याग की भाषा और विचार मोय सुन अर्जुन
त्याग होत है तीन वन्नी उये देख अब सुनतैं गुन।। ०४ ।।

अर्थ- हे श्रेष्ठ पुरुष जो त्याग के विषय में मेरा मत है वह सुनो, त्याग तीन प्रकार के होते हैं। सात्विक, राजसी और तामसी

जज्ञ दान तप इन्हे न त्यागो जेउ कर्तव्य कहात
इनई दान तप से होत उजरे, ज्ञानी ध्यानी हो जात।। ०५ ।।

अर्थ- यज्ञ दान और तपस्वी कर्म त्यागने योग्य नहीं है इन्हें नहीं त्यागना चाहिए क्योंकि ये

तीनों ज्ञानियों को भी पवित्र करते हैं।

करियो इनके संगें और कर्म सब करौ, न इच्छा फल पावे की होय
कर्तव्य मान के इनखों ऐसी इच्छा मोरी भी सोइ।। ०६ ।।

अर्थ- इसलिए हे पार्थ! यज्ञ, दान और तप आसक्ति को त्याग कर करने चाहिए मेरा उत्तम मत यही है।

नोने रोज करत जो कर्म उचित उन्हें न त्यागो हे अर्जुन
माया मोह में इनको त्यागवो, तामस त्याग सुनौ पार्थ जू।। ०७ ।।

अर्थ- अपने नियमित कर्मों का त्याग उचित नहीं है यदि मोह वश हम ऐसा करते हैं तो यह तामस त्याग है।

करमन खों दुःख मानत ओई से त्यागत जो इनखों
ऊसे जो राजन के त्याग न मिलत त्याग फल उनखों।। ०८ ।।

अर्थ- जितने कर्म हैं वह दुःखप्रद ही हैं ऐसा विचार कर जो शरीर के कष्ट के भय से त्याग करता है उसे त्याग का फल नहीं मिलता और वह राजस त्याग होता है।

कर्तव्यन के पालन में जो कर्म करत ना रत फल इच्छा
वेउ कर्म जो करत रात वे सात्विक मानौ जेउ शिक्षा।। ०९ ।।

अर्थ- हे अर्जुन! जो यह सोचकर कि कर्म करना ही कर्तव्य है और आसक्ति को त्यागकर बिना फल की इच्छा के कर्म करता है वह सात्विक कर्म कहा जाता है।

दुख में जो ना रोत कजंत ना सुख में कवऊँ हँसत है
वेउ मांस सतगुण से ज्ञानी संसय रहित रहत है।। १० ।।

अर्थ- जो मनुष्य दुःखदायक कर्म में द्वेष नहीं करता और सुखदायक कर्म से प्रेम नहीं करता वह सत्व गुण से पूर्ण सत्यशील बुद्धिमान और मुक्ति के योग्य है।

सबरे कर्मन खों त्याग न करत सांसो जो मांस जानौ
कर्म फलन खों त्यागी नोने बेउ मांस खो मानौ।। ११ ।।

अर्थ- क्योंकि शरीरधारी सम्पूर्ण कर्मों को त्याग नहीं सकता इसलिए कर्मफल त्याग कर कर्म

करने वाला त्यागी है। यही कहा जाता है।

जो त्यागत न कछू मरवे पे पाप परत है त्रिविधा
इष्ट अनिष्ट ओ मिश्रित पर त्यागी ई से विविधा।। १२ ।।

अर्थ- कर्मफल का त्याग ना करने वाले को मरने के पश्चात अच्छा, बुरा मिला हुआ फल प्राप्त होता है और जो फल का त्याग कर देता है उन्हें किसी भी प्रकार का फल नहीं मिलता।

सब कर्मन की सिद्धि के काजे संख्या बोध जान अर्जुन
पांचों कारण ऐसे होत जिये बतारौ मैं तै सुन।। १३ ।।

अर्थ- हे महाबाहो! सभी कर्मों की सिद्धि हेतु ये पाँच कारण सांख्य सिद्धांत में कहे गये हैं। उनको समझो।

अधिष्ठान करण कर्ता चेष्ठा और देव पांचों कारण मानो
सव रत न्यारो न्यारे रूप में अर्जुन सांसी जा जानौ।। १४ ।।

अर्थ- कर्मों की सिद्धि में आत्मा, इंद्रिय, शरीर से जो कर्म किया जाता है उसके भी कारण है।

मन वोली ओ ई तन सें जो कछू ओड़े जात सुनौ
मांस करत जो करम ओइ के पांचों कारण गुनौ।। १५ ।।

अर्थ- मनुष्य वाणी, मन और शरीर से अच्छे या बुरे जो कर्म करता है उसके पाँच कारण है।

ऐसे में जो मूरख देखत वस आत्मा खों जानत कर्ता
ओइकी मति मारी जात वेउ कछू ना करता धर्ता।। १६ ।।

अर्थ- परन्तु ऐसा होने पर जो आत्मा को ही कर्ता जानता है वह निर्बुद्धि कुछ भी नहीं जानता वह वास्तव में अज्ञानी ही है।

कर्ता को घमंड न जी में जीकी मति माया में ना पडै
वेउ मांस सब बुरै सुरै खों मारत कवऊ न पाप चढ़ै।। १७ ।।

अर्थ- जिसके अंतःकरण में ये विचार नहीं है कि मैं कर्ता हूँ और जो कर्मों में लिप्त नहीं है वह पुरुष सबको मारकर भी उसमें नहीं बांधता और न पाप में पड़ता है।

ज्ञाता ज्ञानी इये जे तीनऊ प्रेरक मानै कर्मन के
कर्ता कर्म करण जे मिलके रूप बनारै धर्मन के।। १८ ।।

अर्थ- ज्ञान ज्ञेय और ज्ञाता ये तीन प्रकार के कर्मों के प्रेरक हैं। और कर्ता क्रिया और कारण ये तीन प्रकार का कर्म संग्रह है।

ज्ञान कर्म ओ कर्ता के सोइ होत विलात प्रकार
इनके तीनौ रूप सुनो तुम मोंसे प्यारे नोने पार्थ।। १९ ।।

अर्थ- सांख्य शास्त्र में ज्ञान, कर्म और कर्ता ये तीनों प्रकार के कर्म भेद कहे गए हैं। इनको भी मुझसे सुनो

ज्ञान के प्रकार

जो ज्ञान कराये देव ईश खों और सवई खों मानौ
सात्विक ज्ञान उये कत अर्जुन तुम जो सांसी जानौ।। २० ।।

अर्थ- जो सभी प्राणियों में अविनाशी सत्य को देखता है वह ज्ञान सात्विक कहलाता है।

जो भावना खों अलग-अलग रूपन में देखत पार्थ सुनौ
वेउ ज्ञान है राजस ऐसों सांसों-सांसों भाव गुनौ।। २१ ।।

अर्थ- जिस ज्ञान से प्राणियों में विभिन्न सतताएं दिखाई देती है वह राजसी ज्ञान कहलाता है।

आसक्त ज्ञान में फंसे रात जो कछू अर्थ ना सांसों
तामस ओइ ज्ञान खों कत है अर्जुन सांसी जानौ।। २२ ।।

अर्थ- किन्तु जिस ज्ञान में सम्पूर्ण शरीर में ही आसक्ति रहे वह तुच्छ और तामसिक ज्ञान कहलाता है।

कर्म के प्रकार

अवकर्मन की बात सुनौ जो कर्म विना फल वारो
ऊये सात्विक कर्म कहत तुम नोनो जो है जानौ।। २३ ।।

अर्थ- जो कर्म बिना फल की इच्छा के व राग द्वेष का त्याग करके किया जाता है वह सात्विक कर्म होता है।

जो घमंड से फल पावे खों कर्म करत है भारत
चाहे जितनी मेहनत करलो वेउ कर्म है राजस।। २४ ।।

अर्थ- जो कर्म फल की इच्छा से अहंकार पूर्वक किया जाता है वह राजसी कर्म होता है।

मूरखता से हिंसा करकें हानि सवै जो देत
तामस कर्म उये कत अर्जुन सुनौ सवई को हेत।। २५ ।।

अर्थ- जो कर्म मोहवश दूसरों को कष्ट पहुंचाकर किया जाता है वह तामसिक कर्म कहलाता है।

कर्ता के प्रकार

मान अपमान जो जानत नइयाँ धीरज हालफूल में रत
वेउ सात्विक कर्ता होत सुनौ अर्जुन मैं सांसी कत।। २६ ।।

अर्थ- जो कर्ता संग से रहित अहंकार युक्त वचन न बोलने वाला धैर्य और उत्साह से भरा हुआ तथा हर्ष शोक से रहित होता है वह सात्विक कहलाता है।

जो दुख सुख में फँसो रात हिंसा से जीवन काटे
शुद्ध कछू न कर पावे वो राजसी मांस कहावे।। २७ ।।

अर्थ- जो कर्ता असक्ति युक्त कर्मों के फल को चाहने वाला लोभी और दूसरों को कष्ट देता है। वह राजसी कहलाता है।

धूर्त बुरै छल कपट करे जो ओ विनाश को कारण
वेउ तामसी कर्ता मानो जात सुनौ तुम भारत।। २८ ।।

अर्थ- जो कर्ता चंचल मन वाला नीच मूर्ख आलसी विवादी और दूसरों की बुराई करने वाला होता है वह तामसी कहलाता है।

बुद्धि के रूप

बुद्धि धृति सोउ तीन वन्न की मानी जात गुनौ
इनके तीन रूप तुम सांसऊ भारत मोसे आज सुनौ।। २९ ।।

अर्थ- हे महाबाहो! गुणों की तरह ही बुद्धि और धैर्य के भी तीन भेद हैं जिन्हें तू सुन

जोन बुद्धि प्रकृति विकृति खों डर और निडर न जानै
माया मोक्ष को भेद न मानै उये सात्विक बुद्धि मानै।। ३० ।।

अर्थ- जो बुद्धि बुद्धिमान कर्तव्य और कर्तव्य विमुखता को तथा बंधन और मोक्ष को जानती है वह बुद्धि सात्विक है।

धरम अधरम ओ करवे ना, करवो को जो ना जानै
वेउ बुद्धि धृति सांसऊ अर्जुन राजसी उये मानै।। ३१ ।।

अर्थ- हे पार्थ! जिस बुद्धि के द्वारा धर्म अधर्म तथा कर्तव्य अकर्तव्य को जाना जाता है वह बुद्धि राजसी होती है।

अधरम खों जो धर्म मान के नोने को सब बुरौ करै
सबै पनो विपरीत जो मानै वेउ बुद्धि तामसी करै।। ३२ ।।

अर्थ- हे अर्जुन! तमो गुण से घिरी हुई बुद्धि अधर्म को भी धर्म मानती है और मूर्खजन निंद्रा भय शोक विषाद और मद को नहीं त्यागते वह बुद्धि तामसी होती है।

धृति के प्रकार

जो धृति प्रानन से इंद्रियन खों धारण कर लेत
वेउ अव्यभिचारी ओ सात्विक उये सबई कह देत।। ३३ ।।

अर्थ- हे अर्जुन! जिससे अभ्यास से चित्त रमता है और मनुष्य योग प्राण और इंद्रियों की क्रियाओं को धारण करता है वह धारणा शक्ति सात्विक है।

जो धृति माया मोह से धारण करत धर्म ओ कर्म गुनौ
फल पावें की इच्छा जी में वेउ राजसी पार्थ सुनौ।। ३४ ।।

अर्थ- परन्तु हे अर्जुन! फल की इच्छा वाला मनुष्य आसक्ति से अर्थ काम को धारण करता है वह धारणा शक्ति राजसी है।

जिन मांसन की धृति होत है डरवे वारी दुखी सुनौ
वेउ बुरई दुखी तामसी धृति खों जानौ पार्थ गुनौ।। ३५ ।।

अर्थ- जो धारणा शक्ति निंदा भय और चिंता को तथा दुःख को नहीं छोड़ती वह तामसिक है।

सुख के प्रकार

सुख खों तीन बत्र को जानो पार्थ वतारौ मैं सांसी
नोनो सुख जो भजन ध्यान में रत ऊको अच्छी भांसी।। ३६ ।।

अर्थ- हे भरत श्रेष्ठ! अब तीन प्रकार के सुख को तू मुझसे सुन जो ध्यान भजन करता है वह अच्छा है।

पेलऊँ विष सो लगै बाद में अमृत जैसो होत है मन
सात्विक सुख ओइये कत जो सुखी करत हैं मन ओ तन।। ३७ ।।

अर्थ- जो सुख आरंभ में विष के समान और अंत में अमृत के समान हो जाता है अर्थात जिसका अंत अमृत के समान है वह सात्विक सुख कहलाता है।

विषय इंद्रियन के सुख नइयाँ सांसे जे विष होत
पैलऊँ अमृत से लगत पाछे राजस होत।। ३८ ।।

अर्थ- जो सुख इंद्रियों और विषय से हो प्रारंभ में अमृत और परिणाम में विष हो वह राजस सुख कहलाता है।

पेलऊँ से ओ बाद तलक जो मोह करत ओ आलस
जिये नींद ओ आलस घेरत वेउ कहात तामस।। ३९ ।।

अर्थ- जो सुख भोग विलास और आत्मा को आकर्षित करता है निंदा व प्रमाद से उत्पन्न होता है वह तामस सुख की श्रेणी में आता है।

प्रकृति के इन तीनों गुणन से जो परवारो रत है भारत
न पृथ्वी पे न हीं स्वर्ग में न ईश्वर में कोउ स्वारथ।। ४० ।।

अर्थ- आकाश, पाताल या पृथ्वी में इन तीनों सुखों से परे कोई भी सुख नहीं है। ये प्रकृति के तीनों गुणों से अलग हैं।

ब्राह्मण क्षत्री वैश्य शूद्र इनके जो कर्म होत अर्जुन
गुण स्वभाव से बैटे रात वे सबके अलग पार्थ तुम सुन।। ४१ ।।

अर्थ- हे परंतय! ब्राह्मण, क्षत्रिय, वैश्य और शूद्र के कर्म स्वभाव से निर्मित गुणों द्वारा विभक्त किए जाते हैं।

वर्ण विभाजन के लक्षण

धर्म करै और शुद्ध रात और सव खों क्षमा देत जो सुन
ज्ञान, विज्ञान ईश्वर खों मानत जेउ ब्राम्हण के सब गुण।। ४२ ।।

अर्थ- शम, दमन, तप, पवित्रता, क्षमा, नम्रता, ज्ञान, शुचिता, ईश्वर तथा परलोक में श्रद्धा रखना आदि ब्राह्मणों के कर्म कहे जाते हैं।

शूर वीरता धीरज युद्ध करे उदारता, तेज जो रत
दान देत ओर हार न मानत जे गुण क्षत्रिय के है सब।। ४३ ।।

अर्थ- बहादुरी, धैर्य, चतुराई, तेज, उदारता, युद्ध में विचलित ना होना आदि क्षत्रियों के कर्म हैं।

वैश्य करत व्यापार ओ खेती गैया पालन देखौ
शूद्र करत सबकी सेवा जे अर्जुन तुम तो लेखो।। ४४ ।।

अर्थ- खेती, व्यापार, वाणिज्य, गोरक्षा आदि वैश्यों के कर्म हैं। तथा सबकी सेवा करना शूद्रों के स्वाभाविक कर्म हैं।

जो लगो रात अपने कामन वेउ सफल तुम मानौ
अपनो करम करै जो मांस उये सिद्ध मिल जानौ।। ४५ ।।

अर्थ- जो लोग अपने अपने कर्म करते हैं उनको सिद्धि प्राप्त होती है वह सुनो।

जन्म को दाता ईश्वर में सवरी दुनियाँ रमी गुनी
पने करमन से ओइ खों पूजत मांस होत ज्ञानी ओ मुनि।। ४६ ।।

अर्थ- जिस ईश्वर से प्राणी की उत्पत्ति हुई है और जो सम्पूर्ण सृष्टि में व्याप्त है। उस ईश्वर की पूजा करके मनुष्य परम सिद्धि को प्राप्त होता है।

पनो धरम जो नोनो जानत मानत ऊखो मन से
ऊये निभावों जानौ अर्जुन पुण्य करारै तन से।। ४७ ।।

अर्थ- दूसरे अच्छे धर्म से अपना धर्म श्रेष्ठ है स्वाभाविक कर्म करने से पाप नहीं लगता।

अपनो मरवो जिन छोडो चाये पाप वसो हो ऊमे
जैसे आग करत धुंधयारई पाप ना जानौ जी में।। ४८ ।।

अर्थ- अतः हे कौन्तेय! दोषयुक्त स्वाभाविक कर्म को नहीं त्यागना चाहिए क्योंकि अग्नि में धुएं की भांति कर्मों में दोष रहते हैं।

कौनऊ कैसऊ होय ऊये सन्यास साधना करने आत
तोउ सांसे फल को पाय जीवन सिद्ध जानो जात।। ४९ ।।

अर्थ- आसक्ति को छोड़ने वाला आत्मा को जीतने वाला और इच्छा रहित मनुष्य परम सिद्धि को प्राप्त करता है।

सिद्धि खों पाके ब्रम्हा जू खों जो ज्ञानी पा जात
सुनौं पार्थ वस वेउ वता रै सुन लो ध्यान लगात।। ५० ।।

अर्थ- हे अर्जुन! इस प्रकार का पुरुष सिद्धि को प्राप्त करता है वह फिर जिस तरह ब्रम्हा को प्राप्त होता वह मुझसे सुन

बुद्धि शुद्ध कर अंदर से धृतिलैके शुद्ध करौ जो मन
विषय वासना तजो करो ई राग द्वेष को उन्मूलन।। ५१ ।।

अर्थ- शुद्ध बुद्धि वाला बुद्धि द्वारा मन को वश में करने वाला विषय तथा राग द्वेष को छोड़ एकांतवासी स्वल्पाहारी मन और वाणी को जीतने वाला

परवारे रै वो तुम सीखो खावो तनक वचन मन शुद्ध
वैरागी वन ध्यान साधना करौ सवई हे प्रिय अर्जुन।। ५२ ।।

अर्थ- नित्य ध्यान युक्त वैरागी घमंड, अहं, काम, क्रोध का त्याग कर ममताहीन और शांत पुरुष ब्रम्ह भाव के योग्य होता है।

छोड़ों सव घमंड क्रोध और काम जे नोने नईयाँ
माया मोह छोड़ कें तुम तो गुरुमंत्र ले लो भज्जा ।। ५३ ।।

अर्थ- फिर ब्रम्ह भाव में लीन योगी ना तो शोक करता है और ना ही कोई इच्छा करता है ऐसा योगी मेरी परम भक्ति को प्राप्त करता है।

जो रत नोने प्रसन्न ना दुख कबऊँ न कोऊ इच्छा
सबखों एक समान लखै वेउ भक्ति मोरी करै रक्षा।। ५४ ।।

अर्थ- जो योगी कोई इच्छा नहीं करता और सब प्राणियों को समभाव से देखता है वह मुझे प्राप्त कर पराशक्ति में लीन हो जाता है।

ऐसी भक्ति करत जो मोय तत्व खों जानत
वेउ भक्ति मेरी पाउत ओ मैं ऊखो प्रिय मानत।। ५५ ।।

अर्थ- वह पुरुष पराभक्ति के द्वारा मुझे जानकार मैं जैसा भी हूँ मुझमें प्रवेश कर मुझे प्राप्त कर लेता है।

भारत सुन जो करम करत नोने ओ आश्रय मेरो लेत
सुनौ पार्थ वो मांस मोइ से कृपा पात है साँसऊ देत।। ५६ ।।

अर्थ- जो योगी मेरा परायण करता है वह सभी कर्मों को करता हुआ मेरे परम पद को प्राप्त होता है।

सवई करम मो पे धर अर्जुन मोय परम प्रिय जान
बुद्धि योग के लाने तें अब पनो चित्त मोय में मान।। ५७ ।।

अर्थ- रात दिन निरंतर मुझको चित्त में रखने वाला और सारे कर्म मुझमें अर्पण करने वाला पुरुष

नोने करम करत तें संकट से तर जाय तुरंत
पर घमंड न करियो कवऊँ ननतर हो है नाश मैं कत।। ५८ ।।

अर्थ- सारे संकटों को स्वतः ही पार कर लेता है और यदि घमंड के कारण मेरे वचनों को श्रवण नहीं करेगा तो ईश्वर के पथ से भ्रष्ट हो जाएगा।

जो तू सोसे मोय न लरने न करने है युद्ध विलात
झूठ माठ को जो घमंड तव तोसे युद्ध करा दे जान।। ५९ ।।

अर्थ- हे अर्जुन! यदि तू अहंकार से मान रहा है कि तू युद्ध नहीं करेगा तो तेरा यह निश्चय झूठा है क्योंकि तू स्वभाव वश युद्ध करेगा अर्थात मेरे वचनों को ग्रहण करेगा।

जो तुम जानौ युद्ध न करने ऐसों जिन तुम सोसो पार्थ
तुमई खों करने आय लिखौ है सवरौ युद्ध तुमाये हाथ।। ६० ।।

अर्थ- हे कौन्तेय! तू मोहवश युद्ध नहीं करना चाहता उसे भी तू करेगा क्योंकि तू मुझमें विश्वास करने वाला है।

जो शरीर हैं यन्त्र परम परमेश्वर इये नचात
माया से कर्मन खों देखत ऊको नाच नचात।। ६१ ।।

अर्थ- हे अर्जुन! प्राणियों के हृदय में स्थित ईश्वर सबको माया के भ्रमजाल में डाल रहे हैं। मानो शरीर रूपी यंत्र हों।

सुनौ पार्थ तुम सोई ईश्वर के शरणागत हो जाव
तवई मिलै जा शांति तुमे तुम शाश्वत कहाव।। ६२ ।।

अर्थ- हे भारत! तू परमब्रम्ह परमेश्वर की शरण में जाओ वे ही तुम्हें परम शांति प्रदान कर सकते हैं।

तुम्हें बता दौ गुप्त ज्ञान जो भरो ज्ञान से भारी
इये समझ के तुम जो सोसो कैसी करने यारी।। ६३ ।।

अर्थ- अतः हे अर्जुन मैंने ये गूढ ज्ञान तुमको दे दिया अब अपनी बुद्धि से जैसा चाहो वैसा विचार कर कर्म करो।

जो रहस्य औ ज्ञान पार्थ मैं तोई से काय सुनात
काय सें तें मोय भोतई प्यारो ऐइ से सांसी कात।। ६४ ।।

अर्थ- सबसे गूढ वचन को सुनो तुम मेरे परम मित्र हो अतः यह गोपनीय वचन तुमको सुनाता हूँ। जो तेरे हित के हैं।

हमें ध्यान से पूजौ अर्जुन मो में ध्यान लगालो
जेउ सत्य है जीवन को मेरो वचन अपना लो।। ६५ ।।

अर्थ- मुझमें मन लगाओ मेरे भक्त बनो मुझे प्रणाम करो मेरा यज्ञ करो तभी मुझे पाओगे यह मैं सत्य प्रतिज्ञा कहता हूँ। क्योंकि तुम मेरे मित्र हो। और मुझे प्रिय हो।

सव माया खों छोड़ ते मोरी शरण में आजा
तोरे सवरे पाप मिटात रंजन कर मोरे राजा।। ६६ ।।

अर्थ- सारे कर्तव्यों को छोड़कर हे अर्जुन तू मुझ में ध्यान लगा तू सर्वशक्तिमान परमेश्वर की शरण में जा शोक नहीं करो परमात्मा तुम्हें सारे पापों से मुक्त कर देंगे।

जो कोउ पार्थ मोय ना मानै उये वचन जे काय सुनाय
ऊकी इच्छा सुनावे की वो निन्दा बड़्डी करत देखाय।। ६७ ।।

अर्थ- यह मेरा रहस्य जो मेरा निंदक हो कभी जप तप यज्ञ ना करता हो और मेरा भक्त ना हो उससे कभी मत कहना।

जो कोउ जो रहस्य बतलादे वेउ तो मोरो भक्त कहाय
वेउ भक्ति हे अर्जुन मोकों पात सदा जो जानो जाय।। ६८ ।।

अर्थ- जो मेरे इस परम ज्ञान को भक्तों में बांटेगा वह मुझे प्राप्त कर लेगा इसमें किंचित भी संदेह नहीं। और वह पुरुष मुझे सबसे ज्यादा प्यारा होगा।

ऊसे बढ़के कोउ न प्यारो जो रहस्य मोय जानो
न ऊके आगे मैं मानत कोउ मांस जो है प्यारो।। ६९ ।।

अर्थ- जो मेरे संवाद को भक्तों तक पहुंचाएगा उससे ज्यादा प्यारा मुझे कोई नहीं होगा।

तोरे मोरे धर्म वतकाव को जो सुनै पढ़े अर्जुन
ज्ञान जज्ञ की भांति ओइ से मैंप्रसन्न होवे अर्जुन।। ७० ।।

अर्थ- जो पुरुष इस गीता संवाद को पढ़ेगा तथा मेरे व अर्जुन के संवाद को पढ़ेगा सुनेगा उसके द्वारा मुझे भी ज्ञान यज्ञ की पूजा प्राप्त होगी

मन खौ शुद्ध करत फिर सुन ले गीता को जो पाठ
वेउ मांस ई जनम मरण से मोक्ष पाएगो पार्थ।। ७१ ।।

अर्थ- जो मनुष्य श्रद्धा भक्ति तथा दोष रहित होकर इस गीता शास्त्र को सुनेगा वह भी पाप कर्मों से मुक्त होकर श्रेष्ठ लोक को प्राप्त करेगा।

क्या एकाग्र चित से तेने जो सुनौ करो है मानो
क्या तोरो अज्ञान मिटो ओ जो गीता तुम जानो।। ७२ ।।

अर्थ- हे अर्जुन! तूने मेरे कहे गीता उपदेश को सुन क्या तेरा मोह नष्ट हो गया और स्मृति प्राप्त हुई है अथवा नहीं।

अर्जुन उवाच

मोह मिट गओ ध्यान आ गओ संशय कछू न मन में
तोइ बात सवरी मानौ, मैं वेउ मंशा जो कहत तै।। ७३ ।।

अर्थ- अर्जुन बोले हे भगवन आपकी कृपा से मेरा मोह नष्ट हो गया है और आपकी कृपा से स्मृति प्राप्त हो गई है। अब मैं बिना किसी संदेह के आपकी आज्ञा का पालन करूंगा।

संजय

ऐसो जो संवाद सुनौ राजन मैंने कान्हा अर्जुन को
अद्भुत है, जो पाठ सुनौ सनातन सव गुन को।। ७४ ।।

अर्थ- संजय बोले- हे धृतराष्ट्र इस प्रकार से मैंने दिव्य दृष्टि से वासुदेव व अर्जुन के रोमांचित संवाद को सुना।

श्री कृष्ण जू के मोंसे मैंने सुन लौ व्यास कृपा सें
ऐसो गुप्त राज की बातें सुन लईं मैंने योगेश्वर से।। ७५ ।।

अर्थ- व्यास जी की कृपा से साक्षात योगेश्वर श्री कृष्ण जी के मुख से इस परम गुप्त संवाद को मैंने सुना

ई वार्तालाप को करके वारई वार ध्यान राजन
जो अद्भुत सो पुन्न मिलत ओ प्रसन्न हो जात मानस।। ७६ ।।

अर्थ- हे राजन श्री हरि के इस संवाद का स्मरण करके मैं बारम्बार प्रफुल्लित होता हूँ।

ईश्वर की नोनी छवि को जो ध्यान बस गओ मन में
ओइ ध्यान से देखत रत मैं अंदर के नैनन सें।। ७७ ।।

अर्थ- हे राजन श्री कृष्ण के उस अद्भुत रूप को देखकर मैं बार बार पुलकित हो रहा हूँ और मेरे मन में महान आश्चर्य पैदा हो रहा है।

जिते कृष्ण जू ईश्वर हैं और पार्थ धनुष धारी जानौ
उतई मिलें जा विजय सुनौ सब साँसी-साँसी मानौ।। ७८ ।।

अर्थ- हे राजन, मेरे विचार से जहाँ योगेश्वर भगवान श्री कृष्ण जी हैं तथा महान धनुर्धर अर्जुन हैं वहीं पर श्री(लक्ष्मी) विजय तथा ऐश्वर्य और अटल नीति विद्यमान रहती हैं।

卐 इति 卐
श्री कृष्ण भगवान
की जय

www.ingramcontent.com/pod-product-compliance
Lightning Source LLC
LaVergne TN
LVHW032126041026
849518LV00008B/2791
* 9 7 8 8 1 9 9 1 4 6 7 5 4 *